闽水洪涛

闽水
泱泱

福建师范大学文学院文学创作丛书

土地的语言

吕东旭　著

海峡出版发行集团　海峡书局

图书在版编目（CIP）数据

土地的语言/吕东旭著. —福州：海峡书局，2022.6
（2024.7 重印）
（闽水泱泱：福建师范大学文学院文学创作丛书）
ISBN 978-7-5567-0765-2

Ⅰ．①土… Ⅱ．①吕… Ⅲ．①诗集-中国-当代 Ⅳ.
①I227

中国版本图书馆 CIP 数据核字（2020）第 236918 号

责任编辑　廖　伟
助理编辑　林丹萍

土地的语言
TUDI DE YUYAN

著　　者　吕东旭
出版发行　海峡书局
地　　址　福州市台江区白马中路 15 号
印　　刷　三河市兴博印务有限公司
厂　　址　河北省三河市杨庄镇大窝头村西
开　　本　710 毫米×1000 毫米　1/16
印　　张　15.25
字　　数　186 千字
版　　次　2022 年 6 月第 1 版
印　　次　2024 年 7 月第 2 次印刷
书　　号　ISBN 978-7-5567-0765-2
定　　价　68.00 元

序 一

相对于中原而言，无论是经济还是文化，福建都是开发较迟的区域。然而，经过唐、五代的发展，至北宋、南宋时期，随着文化南移，处于东南海疆的福建在文化投入方面令人注目，整个宋代福建就出了几千名进士。宋代的福建文化处于崛起的状态，州县学、书院的兴办，科举的发达，刻书业的繁荣，让福建一时文化精英荟萃。北宋著名词人、婉约派代表人物柳永就是今天的武夷山人，南宋著名词人张元幹、刘克庄也是福建人。时间发展到现当代，冰心、庐隐、林徽因、郑振铎、高士其等闽籍作家影响广泛，他们的作品成为经得住考验的长销书，用今天学术界的话来说，就是他们的许多作品都"经典化"了。

我无意过分强调福建的灵秀山水对孕育出一代代文人墨客的不可替代作用。地域文化的某些特征有时能让人发挥天赋，有时则制约人的创造力和洞察力。我只是说，从福建这片碧水青山走出来的读书人，他们对世界的思考，他们的审美创造，随着近代伊始"放眼看世界"的时代潮流不断涌动，表现出地域性文化与世界性文化的消化、融合大于冲突的特征。同样，他们的审美书写，既有博大的胸怀，又不乏细腻的精致。而这些特点在福建师范大学文学院创作文库的诸多作品中，亦能得到有力的印证。

福建师范大学文学院培养的学生相当大的一部分已经是福建省语文教学的骨干教师，培养优秀的师范类大学生无疑是教学方面的重点。同时，不少博士、硕士、本科毕业生也走上了大学教育、文化传播或行政管理等岗位，与师大文学院有着学缘关系的各类人才活跃在教育与文化建设的各个层面，他们的工作在毕业后已经有了很大的差异，但有些能力的不断强化依然是他们的共同点：一是能写，二是能说。

如果是一位语文老师，能写意味着老师的下海作文要能为学生做出示范，示范性意味着难度。语文老师的高素质表现之一就是老师写出的文章，无论是议论文还是记叙文，学生不但能服气，而且具有带动、启发的作用。近在咫尺，且与学生形成教学共同体的语文老师若"能写"，其为"班级订制"的作品通常能发挥教材上的文章所无法替代的作用。如此，文学院的学生写诗歌、散文、小说、随笔，不是一种"业余行为"，而通过写的"游戏状态"达到写的"专业状态"。这是因为这种"游戏之写"，不是通过必修性的学分制度让学生受约束，而是通过鼓励性的氛围创造来推动进步。一位学生只有通过写小说、写散文、写诗歌，才会有耐心琢磨自我情感如何通过文字获得有效而别致的表达。一个运动员光看教学录像无法成为运动员，只有参加训练和比赛，才可能锻炼体魄，习得技术和战术。文学院从2009年开始举办一年一度的文学创作大奖赛，得奖作品汇编成正式出版物，展现学生的创作才能，通过"作品会操"提升创作水准，检讨作品得失，活跃创作氛围。如此持续多届，为形成创作批评与学术研究积极互动之特色打下基础。这样，从"运动员"到"教练员"，今后师大文学院的毕业生，无论是从事教师工作，还是当新闻记者，或是从事其他文字工作，不但自己要写得好，更由于自己有了对写作的深切体验，懂得教他人写出一手好文章，而不是只会用几个既有的概念或术语来敷衍出几则写作方法。能力的培养，许多是习得性的，而不是概念性的。方法的"懂得"不见得会写，从方法学习到应用学习，有一大段距离要去亲自经历，也就是说，写作能力的习得具有不可替代性：只有体验过，受挫过，豁然开朗过，积累了一定量的写作体验，懂得自身的天赋如何通过写作发挥出来，才可能找到属于自己的表达路径。光说不练，写作体验是不可能达到深切的。从这个意义上说，此次创作丛书的出版，对鼓励性的创造氛围的进一步形成，将起到明显的推动作用。其影响也将是长期的。

此次文学院创作丛书的推出，其特色除了学生作品系列，更有教师与校友系列。我们知道，福建师范大学文学院的历史可追溯到1907年清宣统帝的老师陈宝琛创建的福建优级师范学堂的国文系科，是全国较早创办的中文系学科之一。历史上，叶圣陶、董作宾等著名作家曾在此任教，著名的翻译家项星耀也曾任教于师大中文系。创作、翻译、研究、教学，这在诸多现代文学人那儿，多是相得益彰、相映成趣。我们无意倡导高校中文系教师在教学、研究与创作诸方面的全能化，但至少应该欢迎有创作才能的高校教师发表文学作品。文学作品创作不像体操比赛，上了年纪的体操教练很难与年轻的运动员一比高低。创作可类比射击运动，经验丰富的老教练亦可充任赛手，与年轻运动员同台竞技，有时还能获得不俗成绩。此次教师系列与校友系列的创作者，既有名家，又有年轻的小说家、散文家、诗人，说不上洋洋大观，但也是济济一堂。第一次如此集中地推出在文学院工作以及在外就职的知名校友的文学作品，既是文学院教师群体创作实力的阶段性总结，亦通过作品的共同展示，了解知名校友的创作现状，深化知名校友与母校的学缘纽带联系，构建以师大文学院为出发点的创作共同体，让在校与校外的文学院文学创作者的各种作品，从各个侧面体现文学院历史与现阶段教学的成果。

文学院这三个创作作品系列，从年龄的角度看，也可视为老中青三代的不同生活与思想情感面貌的差异性汇合，他们都与师大文学院有着种种"不得不说的故事"，他们的作品也或多或少反映了在母校生活的各种情感痕迹。当然，这是小而言之。就大处看，这三十年来，在我们这片土地上发生了各种变化与各种故事，然而，无论如何变化、如何不同，这三个系列的创作群体至少有些共同记忆密切地联系着福建师范大学，紧紧地联系着他们共同拥有的中文系和文学院。除了这一颇有意趣的共性之外，他们各自的生活与情感面相更可以让我们激动地发现，我们的同学、教师、校友通过他们的笔，对生活有着怎样的发现，又提供了什么样的思想与审美的景象。这犹如一系列的精神橱窗，让我们漫步其中，驻足品味，或会心一笑，或沉思感慨，或退后打量，或移情投入，说一声："看看，毕竟都是师大文学院的人，他们有些地方太像了。"或是："怎么都是师大文学院出来的人，他们的风格真是千差万别，争奇斗艳。"也许，这正是中文系、文学院应该有的写照，他们为了一个共同的爱好、趣味，曾经或现在正走在一起，他们以各自的思想与表达呈现各种看法，同时，又以他们的笔，共同表达对世界、祖国、家乡以及文学艺术的热爱。

福建师范大学副校长　汪文顶

序 二

　　1988年，我进入福建师大中文系，从那时起，我和文学的不解之缘就开始了。

　　那是文学创作的黄金时代，文科楼教室和宿舍楼里永远亮着不愿熄灭的日光灯，紧蹙的额头和双眉，格子簿上黑色的笔迹，一簇簇橙红明灭的烟头，都在暗示着文学风尚在那个时代是多么为人尊崇。我记得，中文系的闽江文学社云集了一大批文学爱好者。当年的文学爱好者，大多数现在已成了作家、评论家，他们将爱好做成了事业；更多的人，他们在工作岗位上发挥中文专业的特色和优势，在柴米油盐中眺望自己的理想。尽管当年的爱好已默默沉潜到生活的褶皱里，但毫无疑问，我和他们一样，用四年的时光培育了一生的情怀。

　　我们为什么需要文学？每个人都有各自的判断。毫无疑问，文学让我们更清楚地看见人生和世界，我们在艺术的视距里"看见"从来没有看到的，这也许就是文学永恒的意义。因此我们说文学是一项不朽的事业，所有曾经和正在进行文学创作的人们都值得嘉许和崇敬！

　　热爱文学的方式有多种：一种人以文学创作为终生的事业，另一种人持续阅读文学作品并关注文学的发展，用读者的身份和阅读的力量来影响文学的发展。大学毕业后，我曾经在莆田一中当过语文老师，经常鼓励和指导学生多写作文，写好作文，不断提高写作能力。如今虽然沉浮商海多年，但我依旧对文学创作怀有深深的情结。我愿意做后一种人，虽然放下了文学创作，但永远不离开它！

　　福建师大中文系是一个文学人才荟萃之地，这里有很多优秀的文艺创作者，有的作品还对当代中国文学的发展产生过重要影响，而我也因之受益良多。今天，欣闻"福建师范大学文学院文学创作丛书"即将出版，我非常荣幸能为这套丛书的出版尽绵薄之力，一方面表达我作为一名中文学子的拳拳之心，另一方面我也想对那些依然在进行文学创作的老师和同学们表示敬意！持续关注福建师大文学院的文学创作和研究发展情况，并能有所助益，这是设立"文学创作与研究奖励基金"的初衷。"福建师范大学文学院文学创作丛书"的出版不仅是福建师大文学院老师和学生文学创作成果的一次重要结集，更是一次集体展示，它不仅总结过往，更预示着将来。我想，福建师大文学院的文学创作传统也必将因之迈上新的台阶，继续发扬光大！

福建师范大学文学院1988级　　林　勤

目　录

辑二 异乡人

辑三　梦或现实

辑一

流　水

海 岸 线

"大海以其浩瀚征服了世界"
我们无限感叹。沉重的脚底难免
遭遇固执海岸线的推移
一种立足未稳的状态。水面轻浮
捕捉风暴的中心迎接潮汛的甲板
海鸟将羽翼向着地平线延展
在浓雾的岛礁边落脚进行梳理
表面的结局。较之于冲浪者
一个试图接近，另一个偏爱逃离
这就是人生的广袤的汪洋大海

感　激

秋风涌起。江淮平原的河床干涸
枯水期的苦难将芦苇深深掩埋
堤岸上的农人三三两两，行色匆匆
被低矮的麦田牢牢捆绑住一生
慢慢消磨，天边的几株果树金黄色
那干燥、沉闷、孤伶的气味
在风中躲藏，在沟渠里流淌
参天白杨颇有气概地立直腰杆
向远方眺望：雪花成片，碧波荡漾
追赶的羊群在原地驱赶疲倦
偶尔小憩即是对黄昏满怀感激

被生活遗弃

有一天，你被生活遗弃
埋在土里绝望地呻吟
太阳穿过漫长照常升起
为挣扎的生命解救疗伤

我曾取悦年轻的风姿
期待目睹无边无际的金黄色
拿起一把心爱的镰刀
坠入到收割的快感之中

偶尔和坟墓上的磷火相逢
摆脱空洞的哀号。抓一把黄土
紧紧地蒙住自己的双眼

不必采用无辜的眼神祈祷
当你坚强站立起来的那一刻
比古剑锋利、比雕塑更宏伟
比幻想的你要雄壮很多

变　奏

她已习惯对天气喋喋不休
在秋天或午后。善变的窗户
被岁月的褶皱结成霜花
将全部的身体埋藏进房屋
偶尔一瞬间，远与近发生突转
却目睹了整座山的青黄不接
爱顺理成章地走入包围圈。屋外
一颗梨子落下，凹陷的表皮
宣告对姿态高悬的判决。唯恐
鸟雀的啁啾成为生活的变奏，明确
拥抱如莫扎特的《土耳其进行曲》
她还未曾摆脱暮色的苍凉，在尝试
将简洁的格局和白桦林融为一体
寻找一只觅食的松鼠强行刺激神经
或许几乎与动物无异，有坚固的躯壳
也擅长无意识地伪装、躲避

步入暮色

夜幕来临，在太阳准备落下之前
坐在椅子上看树枝左摇右摆

以异乡人的身份游荡在江南
我怀念秋天的荒凉萧瑟，不止一次

我惧怕台风，一旦打雷会想起母亲
想起干枯的老树，被风吹得凌乱的发髻
一直在对岸焦急地等待

落日西沉。我的脉搏均匀呼吸
活着是一件欣喜的事
世界很平静，一切都很平静

初　衷

触碰明亮的日子在荒野
静脉与神经进行桥接

公认的疯子用演说行动
想法编织众多奇妙的感官
语言和空气一样轻盈

以现在作为分界线
打造出真善美的城堡
精致的花园或高塔
那里人迹罕至
影子遮住了沸腾的血液

忧愁面向玫瑰的枯败
一座森林爬满了萧瑟
我们冷却了腰间锣鼓的热情
让游子能听出乡音所在

欢悦的种子藏身在远处
飘落的迟钝无法迅速拔出
初春年华。我的骏马在驰骋
在生生不息中游离

凄婉的风在巷道穿堂而过
我相信走散的一去不返
你该懂得享受流水的馈赠
驱散这蜂拥而至的谎言
在银白的柳树下对饮
在黄昏时分驱赶成群牛羊
总之，我们是一对坦诚的人
对过去经常直言不讳

当我们谈论爱情

人群是比漩涡还要涌动的街衢
安静之于我们，恰似沉浸在水草的清香
红唇啊，如罂粟花般绽放，它无色无味
一路走来的倦怠或想要拥有什么

时间久了，便存在光与影的欺骗
沿着山麓攀爬，借理智的眼睛观察
不必哀叹。我想要看清事物的各个方面
和健谈者在粗茶淡饭之后闲谈
每一个器官在正常地运行

终于我们想要去谈论爱情
以重要的日期包围日常生活
以乐趣、容貌进入不安的话题
我们沐浴着阳光，共同呼吸

地 平 线

模糊的脸悬浮在空气中跳跃
源自毕加索《格尔尼卡》的抽象
在喧嚣时代近乎渺小得可怜

山巅或者郊野游荡，安宁的
魂魄远去寻到丰足的
恰当的位置，用来把背影
归结为神圣或者原点

手脚灵活能够超越界限
它遒劲有力，炯炯有神
使世界的目光为之沉思良久
最终执拗爬上高地。从此隔绝

远与近。苦难的羊群摆脱了时辰
曾经的彷徨打青春的身旁滑落
平静是可怖的光电击中了地平线
一张张熟悉的脸变成了黑夜

躲 避 夏 天

冰箱玻璃上凝结着水珠使人瞧见了夏天
一种热情的理想哺育着我的母亲
当柏油路将气味冶炼成痉挛的气息
绿油油的稻田里，蜻蜓和时间飞旋
孩子背上的世界是新奇的，有深奥的思想
自行车的辙迹深深地刻进往昔的画面
那时候的我们着实可怜，光着身子
在小小的鱼塘里潜水扑腾，在村落穿梭
借此来躲避这无人过问的夏天

二〇一九年

他一整年都在专注美与丑的分辨
尝试用春天的秘密解读秋天，尤其是
孤独的时刻。河谷上的禾苗缺失了肋骨
可以弯曲、盲目，甚至是诚惶诚恐

多次以抒情的姿态唤醒关于美的定义
在字典里，在马路边，语言试图拆解人间
黑夜和白天的交接仪式轮流上演
为真理挥舞，为少年的爱情而颤抖

如果人们不再坚持季节的区分
仿佛善与恶存在着云泥之别
真的，这一年没有什么风景

分 别 时 刻

石榴树从我的身旁溜走了
在桑葚时节，蝴蝶和对岸相距不远
我是一阵抽离出思想的旋风
在山谷里奔腾，消融常年的积雪
将茉莉花遗留的花粉播撒在
平整而舒缓的岛屿之上
摇篮在晃动，我一如既往等待
一把镰刀和一片原野的交流
蓝色的歌声在丛林灌木中发酵
从那完美的旋律中脱颖而出
人甘愿把自己流放在荒原
分别的情绪像苹果落地
在它的身旁，他乡杳无踪迹

拂　晓

城市的光明如指尖碰触水面
真实地摇晃在热情的果园
风霜高洁。街道屈从于可见的
梦境吐露的字语总是喧嚣
抛给过去的烦恼依从了自己
缓慢地，明亮而跃动的双手托起
轻盈的金属般的清脆

我们胸口吐露的词语将食物容纳
成了感情的召唤。终日摆脱沉寂
以一种平躺的姿势使周围颤抖
我们不知疲倦地享受睡眠
四处寻找着完整的理由

生命孤芳自赏

我们建造一座宏大的房屋
它的轮廓是难以忘怀的居所
陶醉在甜美的声响和光彩
细腻的思索在编织罗网

凌晨与睡眠包含了困倦
顺从山势的起伏吱呀摇摆
我以真诚拥抱着阴云和贝壳
在潮汐退去的时候分离

眼前的港湾难以捉摸
海之外是富有魅力的恐惧
歇息在凛冽的寒风之中
在深不可测的峡谷纠缠

生命源自自然的动与静
抑或是星辰显而易见的规律
石头的名字与身份相勾连
沉睡在数以亿计的空气里

岛链的组合别无目的
它们被困在成见的藩篱
被丑化成兴风作浪的海妖

甚至成为了惊讶的物种
是风浪累积的沉重

从小小的缺口突围而出
获得承受苦难的才能
房间里的羽毛沾染了污浊
我们既不兴奋也不逃避

爱的多重奏（组诗）

愁　容

女子来自雪地里的村庄
农闲塑起一尊双手并拢的像
表情严肃，言语不多的教书匠
那手臂是稻草捆绑隆起的肌肉
眉毛被锅底柴火熏染成了黑色
闭上眼愈是魁梧跳跃的气息
对教室外面的庄稼地冥思苦想
她目睹了玻璃上短暂的爱情模样
擅作主张将画像雕刻成峡谷
幽邃吸引着人体验冒险的渴望
但是，日出时分，愁容无法舒展
融化了，心照不宣即是无话可说

阴　雨　天

三月，福州是忧郁的孩子。阴雨
肆无忌惮地表达爱情的狂欢
冲动之潮水汇聚，蒸发
钻进了异乡人湿漉漉的脚底

从白色到夜晚，仓山之马尾
逃离的路线沿着河岸线奔走
木叶漂浮伴随着忍俊不禁

他将被雨水分解，喂饱饥饿的鱼
腐烂的气息在春天大胆地发酵
作者已死，读者仍旧苟延残喘
争论涉及咖啡机和糖的搭配

我们终于切换了生命的话题
关于文学的宿命，关于江河的起源
或者只是关于历史的潮汛

我们开怀大笑，为了爱，忘乎所以
聊着诗歌未来的可能性
这或许算得上是对阴雨天的诚意

背　影

一低头，阿罗海的风蓦然轻柔
眼睛里跳跃着的词语终究难解
聚散匆匆。幸福的事不过是
沿着街衢漫无目的地游走
或看她将每一个饺子捏上褶皱
尘世间的爱情，固然危险
置之不理，万水千山与时间
采一朵长安山麓的蓝楹花
静默等待着明年花开
不远处，一个背影转身成了
来时面颊之绯红

黑　与　白

大雪几乎埋没了黑夜
枯树上停留数只灰色麻雀
曾看到它们从原野里逃窜

一个冬天。我坚持目睹雪片
倾倒在肩膀或身体的每个角落
伴随夕阳沉入地平线
一瓣一瓣地在窗前延展
暮春时节，安慰使人憔悴

高大的背影靠近树林
湖水发黑，石头也是深黑
和童年的梦境一样笼罩大地

黄　鹂

两个黄鹂唤醒翠柳，那一群
足以拥有整个春天了吧
假若在夜晚，也是何等壮观
以毕生之力吟唱未来或光明
无休止地，一刻不肯停歇

我们远离了大地、自然的环绕
几乎很少踏足于泥泞或者雨林
这是一种习惯，一种慢性遗传
一旦走失，难以自返

声音喑哑，准备着真诚的芬芳
从一池清水的摇晃开始感动
直到落入内心的深处，翅膀全无

江　河

两手空空从巍峨的山顶飞来
从野径溜走，亦或者在眼睛里闪动
我的历史比时间更厚重更持久
可以用来无所顾忌地挥霍
直到化作蒸汽或汗水滴入河水
我们大胆相爱，百川入海
如明镜逸暇地照耀着蓬头稚子
将旋律在千沟万壑间跳跃
为了与生俱来的考验与信念
为了最终的归宿，生命的灵动
是的，这强悍而闲适的时刻

交　流　会

当所有人注视着美丽的角色
空间足够空旷，允许声音
将万物空灵的脑海盛满
渊博的山谷是寂寥的寒霜
流水跌落，空无一人的绝唱
对过往的压抑怀有敬意，可是
类似的图画成了复制的忧伤

这里埋着一群石头或者琥珀
配合出场在事先多次演练
表情丰富主宰着演员们的微笑
热烈的期待绽放在鸟群的翅膀

掌声精彩绝伦地涌自四面八方
仪式解开了角色惊讶的难题
渴慕的被世界照亮的背影里
每次俯视都当作是交流的进展
重新成为你希望的模样

空　间

绚烂的泡影在广袤无垠的海边
在沉默的礁石和白色的冲击里破灭
矫健的海鸥从高处俯视着自然的宽阔
咀嚼咸味，混杂着风和雨的辙迹
红树林沙沙作响，有意在诠释
瘦弱躯干之中潜伏着的生命能量

海水在放逐。靠近星宿的位置
又是呈现出相似爱情的波光粼粼
风琴般的呓语升起又回落，接二连三
在深沉的底部，所有的景观井然有序
他们安居在世外桃源的村落
将多余的喜忧留给后来人琢磨

空间占据春天的某个时刻。在那里
鸭群成队钻进了江河泥土的暖和
巉岩上的嫩尖蓦地惊动了人们
想要顺着落英缤纷的小径，走出大山

灵　感

我们尊崇灵感，迷恋上陌生化
如同孩子将蚊虫分割成天兵
或者将树的纹络当成山川沟壑
古老的柏拉图也曾多次告诫伊安
上天赐予了神力便尽兴歌唱
想象力的游荡值得为之欢呼雀跃
比如时光是马是狗，偶尔变成流沙
又或者人是行走的树木，只要落地
就开出了罪恶之花

流水（组诗）

孕育的悸动

悲伤自鲜红的花园中流出
初春三月，云层低矮贴近地面
东风不来。牛毛不来。北方稍显迟钝
偶有杜鹃挑逗着夜晚的脉搏
失眠总需要理由来填补忧郁，使得
星空以闪烁的言辞保持躁动
不提也罢，倒春寒和反胃的状态
同样地令人们望而生厌
大概去年，年迈的外婆远离人世
二亩薄田均分给五个成年的儿子
我不是继承者，依旧疼痛难忍
在晴朗的日子将风筝放飞
脚下青草萋萋，踏上就怀念南方
靠近太平洋的地方空气细润
树叶不会凋零，甚至在寒冷冬日

天空空荡，湛蓝得毫无表情
我在书本上无数次遇到西藏
雪山是纯白的，盐海也是如此
关键是虔诚的人们离苍天最近
在我耳畔，布达拉宫的钟声奏起

和小镇上古刹里的回音没有差别
可以在旱季祈雨或者保佑金榜题名
僧人的安静令人生羡，吃斋或敲木鱼
在冬夏和雨季都没有秘密
风沙底下是破碎希冀组成的盐颗粒
密密麻麻地占领多余的空间
脊梁之上，人类的唐古拉山脉矗立
比流动的气流更要富有灵气
日子趋于缓慢，在和时间隔离
徒手爬上那神秘的雪山之巅
手捧着洁白的哈达，在吞吐云气
我沉默不语，狂饮长江的自来水
眼睛闻不出清浊，这是天生的缺陷
如同人类不能身轻如燕、腾云驾雾

格萨尔王的戎马在众口之中叙述
我祈求着你的神力、你的征伐
在无垠的草原地带逆流而上
在竭力地缠绕着历史的洪流
世人以冷眼使太阳的辉煌蒙羞
他们的清早是各国的头条新闻
到处遍布的喧嚣，污染海洋
这个年月，需要调整平衡的机制
我担心第二天的雾霾能够清楚
不见太阳确实是件很隐晦的事情
公交车在专用行驶道上迷失
我们遇不到一个熟悉的路人
向着涌动的鱼群倾诉体己的语言
不要再狂饮啊，资源向来很紧张

那么幽深的天空有月光倾泻
吵闹的鸟儿迅速飞离树梢
秋天渗透着哀愁，看见星辰
洒落在阒无人迹的街道之上
城市的地下水运行顺畅
在残损的岸边，有人在祈祷
他试图追问真善美的定义
在思考如何躲避土地的荒凉
阴郁的面容下掩盖着防备
他沿着长长的河床走了很久
一路上种下悲欣。我们的呼吸
被风吹来的沙土，遮蔽了
昼夜旋转之间变得异常急促

只 是 玩 笑

在陡然的狂风暴雨侵袭之后
丛林封闭了走进深沉的入口
开始享受劫后余生的欢愉
作为一个值得称道的平民
我们看过很多战争的降临
那里血肉模糊，任人宰割
苦涩泥土里的辙迹很深
痛快点，河水的颜色光彩照人
风信子从它的发源地凋零
你曾闻过，采摘过，深情地放在
编制的花瓶。我们互相舔舐伤口

用遗忘爱情的勇气来告别婚姻
我们缺少无所不能的太阳神
因此，总是习惯被玩笑蹂躏
陷入到无休止的循环中去
直到合成馥郁的香料
进献给世界上尊贵的女子
要了解事实：简单的呼吸
容易在沉醉的状态消失
房子是精美的雕梁画壁
镜子成像的趋势走向娇嫩
多年前也是埋在地表的铜片
偶然之间撕裂了宿命之网
将大理石的座椅在脚底狠踩
广场上矗立着纪念碑，刻上大字
怀念的形式会让人刻骨铭心

岛屿的码头是熙攘的人群
他们在获取自然的馈赠
从城市到荒漠的脚印成群
荆棘丛生的双手抱住故乡
庄稼心满意足地走近粮仓
采石场旁的几只狗令人交瘁
用各种虚妄的眼神窥探着
人，一种异常奇怪的动物
责备或赞颂过往，全凭兴致
心情舒畅的时候就亲近自然
立在悬崖之上的草木清秀
凝望着黄昏将人的眼眶浸湿

遥远的夸父，奔跑的猛士啊
现在你还能无视世人的劝诫
在辽阔的大地上奋勇追逐吗
与时间赛跑，是多么孤独的旅程

重复的阶梯

多年前，初次见到大海
这种震撼不亚于遭遇了爱情
凄凉的潮雾与天空对视
（印象中，第一次品味咸的水）
枯叶在白色的水花里隐隐约约
远离沙滩的地方使人疑惑不解
女友满面忧伤，它会去哪
腐烂在深海？飘向地球另一端
总之，这是一次无法复制的际遇
我想起了闽江边布满灰尘的石椅
有鱼腥味迎面吹拂
三两只翠鸟在石缝寻觅晚餐
那里浮着一块青褐色的木头
真像一具静止不动的尸体
我惊恐。有关女孩落江不见的消息
花季的容颜难以逃脱侵蚀的命运
身后，成片向日葵吞没人群
我开始无比期待春天
那时将会一如既往地抵达雨季
将整条河水更新换代
包括腐烂的淤泥，包括我的内心

趁着城市的天色尚早
在公交站台上拥挤，我听到了
夜莺的歌声在讽刺欺骗
无数孤立的岛屿在这里扎根
这并非有失公允的判断力
每个人在组合自圆其说的理论
贫穷与富裕似乎没有多远的距离
将生活中的困境记账，一一细数
礼貌而又激动人心的交谈
等年纪再大些，当个乞丐
躲在只属于我的狭小的空间
让一种善意的美诞生

居住在六楼，台阶需要重复
夏天的目的在于攀爬
在于关心善变的天气
关心强台风登陆的日期
关心老太太和邻居的谈话
摊开手掌，皱痕多了几行
空荡荡的屋子里只剩下我
会自觉地生出邪恶的念头
没有《爱经》描述得如此复杂
单纯地去探究人类的花园
我还有很长很长的台阶要走
循环往复，不厌其烦

岩石的分解

我信任岩石的坚硬，可以
透过小时候膝盖上的疤痕证明
路过公园，泥土比草坪要温软
和拥有爱情的内心类似
攀爬巉岩，看着热烈走向荒芜
或者在古老的城垣中活着
钟声敲响，我没有回家的打算
痉挛的历史印刻在岩石的风化上
如果有机会打通黑白相间的门
让思想走出空洞的误区
石头有缝隙可亲，有很多余力
山尖融化有冰川的神力
有长年累月风的盲目
或者归咎于日月的精心呵护
认真审视脚下的路，你能看清
不是泥，而是建筑的丛林
包裹着人们的每一次呼吸

灰暗的窗子和葬礼有何关系
一个透视出黑暗的来源
另一个观察消亡的情绪
瞳孔保持着贲张收缩
饕餮着梦想或景致
我忧心忡忡。黎明之后
墙壁上打满了生锈的补丁
让房屋顺其自然地倾颓

让支撑生命的青春老去
以压倒众生的姿态熄灭火光
终于，屋后庭院中的葡萄架上
掉落成串的紫葡萄，不费力气地
堆砌成了明年众人的营养品

诗人的沉默

在麦田拔出新绿的嫩穗之后
湖底的水草进入疯狂的岁月
远处的河谷被成群的牛羊占领
它们分享美味，歌唱盛世的年代
地理书籍中尼罗河的两岸
此时该是土壤肥沃，物产丰美
可以安心地在金字塔的周围行走
自然地联想到战争的起源
征伐多年的士兵，快回来了吧
按照日期可以赶上故乡的重阳
在古老的国度里，斯巴达的死士
同样威武雄壮得令人钦佩
从白天到白天，从希腊到西亚
自无所恐惧到义无反顾地倒下
哦，你听到了什么奇怪的声音
有人在半空中，亚马逊河的角落
开始为文明的前进唏嘘——
新生的世界从来不会缺乏自信
如同欧洲浩浩荡荡的工业革命

当夏天快要终结的时候
从大洋中吹来的潮湿气流
比想象中更要诡异、迅疾
诗人，你在未来看见了什么
纵横的黄河还是沉睡的长城
抑或是威严气派的兵马俑
视野变得如此清晰
远近不再是距离
死亡更加真实可信
停止你的想象吧，如此不切实际
我们需要理性的光辉阻止迷乱
凡超出所见的范围，值得商榷

我不敢再接近一棵大树
自从众人习惯了沉默之后
皮囊的每个声响使人反思
留下神秘的城堡苦苦搜寻
各种出行交通的区别
从这一刻起，语言变得模糊
耗尽毕生所学为苦难
搭建好栖息之所
不知为何，受到失眠的困惑
我总是看见稻田里微笑的父亲
也在整夜地胡思乱想

秘　密

我勇敢地走向幽暗的雨雾
指纹搅乱了松林里的歌声
我记得江南存在的童话
没有阳光，没有音乐，没有星星，
晴朗的日子连带着牵牛花在猜测
恋爱的可能，胜过月光的天空
我还处在富于虚构的彩色的梦
一把伞的交集散发出城市的温度
雨一滴一滴以丝线编织理想的形状
我们终究难以抓住命运的绳索
秘密和着钟声沉入汪洋大海

梦是悲哀的鱼

在人海，我寻找居所
躯体过于狭小，两者之间
该怎样保持进与退的关系
在阳光下跳舞获取短暂的欢愉
我梦见一条悲哀的鱼

你的幸福？曙光得来不易
是孕育未来，沉吟的风信子
尘埃无数次堆积，在风吹之前

黑夜，单人，贫民区，月亮正发光
灰色的叶子在湖里回旋
憧憬着涟漪掠过黄色的穗须
在滩涂上印下厚重的脚印

我可能爱上陌生人
点燃寂静之间的激情
水若浑浊不堪，我们将无法呼吸
常年的冰川在加速融化
等候着春天的阳光再次升起

那时，我将拥有玫瑰和菜地
孩子们在泥巴地里恣情游戏

我认真地看着清晨的露水
缓缓滑落在草坪，在蝉鸣
直到浸湿衣襟

我将在忙碌的汽笛里辨认声音
林间蜜蜂沉醉在黄英花枝
熟透的豆荚在烈日下爆裂
在脉搏规律舒缓地节奏中
我再次触摸着生命

磨　坊

黎明豆香惊醒沉醉的梦乡
捧碗一扫而光是常有的事
压榨不全是悲惨的宿命
偶然大饱口福使人忘却
鸡鸣声、蛙叫的悠远年代
以低头的姿态无休止地打转
世界要被卑微的晕眩再次湮灭

年纪轻轻，远离时间的干扰
老茧在手掌延伸出花纹
出门一定要赶在晨光熹微之前
沧桑的理由源自磨坊渐渐颓圮成
斑驳的墙。终于，消逝的岁月走远
埋葬在绿意流淌的暗灰色土壤
守护那世世代代无名的期待

青 枣

暖阳在故乡的三月绽放
比不过外婆的怀抱安详

她一直左手挎着箩筐
右手拾起几株麦穗
腰背以弯曲的姿势迎接着
收获季节的繁忙

那时我很小，您已年迈
东边枣树上的青黄闪烁着亮光
诱惑着命运施展残忍的双手
跌落在原始的尘土中
山河为之心疼不已

零星掉落的青枣
环绕着悲哀和不安的喧响
我连一颗都不敢去触碰
更别提放入口中

人生的镜子

沉默适合在潮湿的二月
从树梢掠过头顶，比空气
还要稀薄。难以描摹的景观

岁月走近你的瞳孔，透露精微
愈来愈清晰，没有抵抗，像是婴儿
现在停止劳作。盐分已渗透心坎
种下爱与善的植物，如同创作
苦心孤诣地进行动人的乐章

他在褪去面具，呼唤姓名
猜测另一种命运的组合方式：
颓圮的墙壁、陌生的镜子、理性之光
这是我真实的无法逃避的人生

沙 漏

摆正，堆积永远成了堆积
颠倒之后让流失以秒计

沙漏能做什么呢
用来计算时间，抑或是
细微地阐释抽象之流逝

一直以来
沙漏的发明者是以怎样的心态
装饰丢失的悲哀以及空虚的快感
答案无从得知

流沙的残忍深陷于眼神
这称作透着怜悯
越堆越高是一种恐惧

终于意识到衰老似乎是情绪
正逐渐以土崩瓦解的状态
扩散至无数人群

此时的沙漏一分为二
一半宣布死亡，一半等待未知

柔软的世界

柔软的世界

在太阳下行走，神圣的事情很多
让所有生命目睹真实的美丽
每一个符号都寓意深刻

白昼的时间被延长至失眠
一滴雨让我们返回草原
有蜜蜂驻守在无垠的花间
或者一同涉足过的角落

质朴的脸庞多半是拜访过
就在每块石头的后面坐着
晚风袭人，我感受到世界的柔软

美，其实可以到极致

没有哪种美可以无休无止，可以媲美
不必责怪，没有罪过的晚来的雾水
十年战争燃烧至大海的沦陷
归去有种不枉此行的感叹
美到倾城，这是难以悬想的形象
得到世人的眷顾多半是不计其数

文明耗尽青春陪你幻灭（至少我是）
在现代性的震撼下，如果可以
第二个特洛伊将为你准备

我选择沉默

争辩时，我就会选择庞大的沉默
对嘲笑置之不理，除了这双眼睛以外
在目不转睛地观望着亦喜亦忧的嘴巴
如同顽童在逗弄水中鱼儿游动的优雅
那空气中的秀发香波，含着笑的睫毛
承载了我一切的爱和忧伤的互动
这些扶持我走向下一座站台
去等候向往的列车的出发时刻
你将镜中的幻影打碎，再安放
别害怕，我一直都在认真聆听

深　沉

她困惑，她需要安慰
她所拥有的一切呈现在镜中

过往的日子潜伏着太多的灵感
以至于写下的诗句氤氲不幸
"墙角枯萎的花朵是她的裸体
在恶毒的日光下幻想着亭亭玉立"

潮湿的沙地上容纳苍凉无边
尽量忘却了时间的暴力
在废弃的海洋、堤岸
收拾着破旧不堪的帆船

这场突如其来的暴风雨
萧条的风、嶙峋的岩丛
都在重复经历着相遇与迁徙

对于春郊野塘的故事
艾草没过膝盖，鱼儿悠游
剩下一片枯黄、痴想与欲望

真的啊，心如止水
这是近乎她，近乎深沉的语言

生 命 之 旅

一个淮河的清晨，墙壁渗透土灰
短尾巴的壁虎在房梁之上觅食
我冲它指指点点跑动的路线
穿过生锈的蜘蛛网，废弃的书籍
以及生了病的微弱的白炽灯光
它偶遇了乘虚而入的寒风
在落满尘埃的镜子里来回打转
在雨水淅沥声中疾步逃窜
惊动群蚁。躲在远离喧嚣的人间
当你将目光放在说话人的额头
或者试图勘破保持多年的秘密
亲自用双手将朦胧的记忆擦拭崭新
草木上露水滴落在故人的旧衣襟
门前庄稼绿色绵延，老人挑着水担
矫健的身影在泪光中闪闪发亮

谈 笑 间

在聚齐美味的餐桌之上
众人高谈阔论，叙说着
震撼人心的见闻

眉飞色舞的举动非常夸张
浓密的发丝带着野地的风味
沉寂的时候，大家心神空茫
葡萄美酒飞溅在唇边
无论如何，在崭新的世界里游荡

保守秘密的状态
如一颗石子掉落深潭
以喧响的声音吸引目光
以哑然无声沉寂在视野之外
最终，很多残屑悬浮在湖面
一动不动的样子使人哀伤

我 的 土 地

置身于喧闹的都市中心
潮水开始上涨，一直翻滚
我只是路人，看他们茫然

一段隐秘的情欲是灰烬
证明发生之事有理有据
天桥下几个执着的流浪者
虚无地守着这座空城

在耳边，听到久违的声音
那是另一个我的呼唤

牛羊归来急促的脚步
草堆上的孩子追逐影子
我的祖先在开垦这片荒地
勤勤恳恳，不分昼夜

如今，我已失去了土地
甚至连躺着的这一席之地
都需要签署租赁的合约

无边的荒漠

我们在荒漠上围绕篝火狂欢
所到之处撒下泥土的乐趣
每一个干涸的泉眼都在叹息
沙丘里沉睡着炽热的玫瑰

以孩子的步伐路过全世界
对衣着装扮拥有好奇
那威猛的老虎在呼啸山林
那柔美的诗篇难以写就

太阳紧贴着万物的生命
一场突如其来的山火那么真实
继续从事着播种发芽的作息
在密密麻麻的山岭里

湛蓝的天空和荒漠感情亲密
孤烟遥相凝望着彼此
溪谷在每个人的身体里流动
带着人们走出纷扰的过去

枯草根埋藏在飞沙走石之中
感受到才华被无视的痛苦
寻找告慰，和智慧的思想汇合
在仙人掌与骆驼之间游逛

欲望啊，是难以走出的荒漠
偌大的地图解决不了干渴
脑海中隐约闪现出无边的绿色
在人类真正了解自己的时刻

形象（组诗）

在日出谈论日暮

码头是在日出光环下渐变清晰
东榆响起江水冲刷的惊喜
几条漂浮着的面目全非的鲢鱼
处于无法挽救的生命或者尸体
终日算计着可拥有的一切秘密
当太阳闯进白昼，流水蒸发
为潮湿的河床铺平了凹凸褶皱
或许会经常热烈地怀念冬季
期待日照时间缩短，以便
在梦境里听见一口纯粹乡音
那摸黑夜行的小径、斗大的星

拥　抱

他们走过了很多个日子
晨雾中的樱花，柠檬味汽水
散漫饥饿感的特香包，以及
那些适合野外露营的天气
甚至可以激烈去对话肥皂剧
蓦地，当拥抱毫无征兆从身后而来
他们同一时间发现了另一个自己

习 以 为 常

晴朗开始习以为常
太阳照常升起，星辰黯淡无光
夜以继日成为日常的状态
昙花美的闪现引起疯狂摹仿
阳台上芦荟滴下青翠的音响
那保鲜的秘术不知引发
多少妙龄女子的猜想

我们时常设想逃离严峻的人群
灵感患上了偏执癖，爱击打那些
失魂落魄而又无所适从的面容
如同树干上堵住了养分的肿瘤

世　　事

杜鹃啼血闯进了乏味的黑夜
无非是一条条看似紧绷的血管
对树干的概念是粗与细的区别
基因的作用在于延续或突变
打小生物课上的训练足以应对
打个盹便掉入了另一场浩劫
然后羽毛和着枯叶，难以辨别

夜　曲

天色尚早，风进入肆虐的状态
寂寞如人群消失了的街衢
被昏黄的路灯刻意灌醉
从幕布的展开延伸至黎明
这个世界盲目的不只是人群

夜莺之歌和冷月盘旋在屋顶
在山外和城市的交界处
交谈是面向深沉的一种罪过

婆娑的树影、零乱的夜色
小小的房间装下空荡荡的心
猫头鹰的眼睛和协奏曲发生共鸣
让他乡的流浪汉失眠，理所应当

成群的蚂蚁攀爬的脚步很轻快
生产难以忘却的快感，请相信
乌鸦与邪恶的距离相距甚远
世间的谎言经历过时间的沉淀
无论如何，负重难返

黑色的身影显得如此清晰
以至于来自不同密度的水域
落在波澜不惊的内心深处

我们谛听轰隆隆的夜空
在草原的尽头弥漫激情
在葱郁的山冈之上枕梦而眠

打开一扇质朴的窗，让雾气
倾诉未曾表露过的话语
正好深邃也是人们的另一只眼睛

我在春天奔跑

我在春天拼命地奔跑
寻找野花种子可以栖息的角落
父亲在奔波，洒下健壮的汗滴
引来二三喜鹊由衷称道

在乡村，元宵节即是离别
老人的孩子、孩子的父母闯入喧嚣
在无数夜晚守望城市，享受疲劳

小时的父亲跑累就趴在草丛
为成群结队的蚂蚁搬走蝇虫祝贺
这多么像一次集体迁徙的人潮

故意摆根木棍，挖个水坑
观赏蚁群翻山越岭的可笑
如今，我又故技重施

两代人的默契击中父亲的沉默
最终湮没在满园春色

一个人在世间行走

候鸟们向着目的地迁徙
这种体验在有生之年重复
归去时想起遥远的嘱托
我的名字，我的消息
独住在一千多里以外的南方

大地上的湖水有颤栗和幸福
我也用指头清点种种哀伤
在地图上查找归属，从早到晚

我老了之后，便不再旅行
双手拄着拐杖向时间宣布投降
我的余光已经在消逝
猎鹰在悬崖上沉沉昏睡
脑袋里充满了落寞

我无法认清路途的遥远
让灵魂在黄土上舞动
如流云的影子
在麦芒上来回飘荡

站在墓地（组诗）

一

在江淮平原的清晨
荒草萋萋，裸露生命的绿意
我身旁安睡的灵魂
早已勘破尘世的喧扰

光线使人产生想象
抵达永不孤独的领域
在群岚幽径间静谧
又有声音送别了葬礼

山色矜默，一切在忘我地痴迷
消失与夕阳奄奄一息

二

剩下一副腐朽的皮囊，等候
时间强有力的牵引与宣判
目睹那寒冷而严峻的眼神

我终将没了知觉
失去了絮叨的语言

躲在窗户上的死亡
如黑色的藤蔓攀援而上

我希望最后时刻看见的是
一片苍茫慵倦的大海
忧郁的身影在两岸之间游荡

三

你自周遭的喜悦来到人间
唤醒了雨后凋落的木棉
在凛冽的空气中独舞
在路旁抚摸孤独的翅膀

剥落夜色，月光拍打着窗台
失落如潮涌浸湿胸怀
我们想方设法让青春驻足

斑驳的青苔上存有愿望
河床的褶皱足以淹没眼眶
一切的结局都使人幸福

长 楼 梯

一只飞蛾本能地扑向光的背影
破败的墙角悬挂着庄严的宫廷画卷
楼梯低矮，在脚下嘎吱摇晃
整个房间都在试图摆脱初冬的阴霾
附近的灰尘积极地融入阳光

坚定攀爬，窗外的明净近在咫尺
天空宽阔得如同人们强大的内心
从山冈滴落的雨点儿和着棉絮
比蝉噪响亮些许，忽高忽低

五彩缤纷的霓虹灯在阶梯上洒落
诱惑着眼睛，向存在的领域进发
用鲜活的肌体抵御高处的严寒
微笑的唇齿和昨日难以区别
一种别致的星辰和希望的灯塔

自　画　像

在镜中，面容如沟壑纵横的大地
广阔包容是祖辈们雕刻的印记
保持满足的微笑足以使大江充盈
一双明眸啊，时而温和，时而深沉
写下安慰的诗行让月光睡去
眼泪流淌成一条条长长的河流
为生命中存留的疼痛或欣喜
太阳照常升起，迷雾困住了原野
阡陌上摇荡着母亲浓郁的乡音
用亲近的口气呼唤远方的名字
远方连带着夕阳一同被遗忘
鼻梁高挺，如沉默的大山走来
顶住了寒潮、烈日、时间的侵蚀
矗立的耳朵试图——辨别美的定义
最终化作古老的歌曲在心头萦绕
将近而立之年，偶遇了将来的自己
在人间赞叹着永恒的生命

辑二

异乡人

哀　歌

——悼亲爱的赖或煌老师

假如你不曾相信自由诗篇的伟大
就无法衷心"劝他们告别文学旅途"
只做个深井中的矿工，索性很好
看农夫晒黑的面颊，太阳底下追求
影子的影子，那儿真的没有什么

有些时候会抵达《美学》课堂的情形
厚唇、浓眉，在那上面一切为美好翻腾
目光坚毅，以纯粹的手势将哑语瓦解
又该以怎样孤绝的念想去对抗岁月
如你所写——"身躯灿烂，别来无恙"

汀江静默流淌，你在美的殿堂评诗赏画
我记得文采，记得温厚，记得语言
记得"时间很多，合照等毕业一起"
但从来没有想到今日会成为纪念的时刻

长安山麓春和景明，碧空如洗
如同蓝花楹铺陈的街道使人着迷
而你却永远不再回来

春天的味道（组诗）

暴 雨 侵 袭

立春的阳光一片真诚
南方多雨。我陷入自言自语
哼一曲小调阻挡雨水的腥味
畏惧源于返璞归真的力量
我如此年轻，如此相信誓言
普照大地的太阳赋予了热情
美貌贮藏着短暂的归属
闪电瞬间击中人世间的浮夸
不管多美，抵不住暴雨侵袭

和陌生人交谈

这个季节，没有多余的朝露
与人为善是一种必要的语言
和忧伤告别，如若可能实现
和路人随心所欲地对视交谈
我们向往不约而同的碰撞
真的，这不只是眨眼的距离
脸红得像祖母锅底的火苗
浮影、昙花瞬间凋零满地
构成一个清晰完好的清晨
世界需要向你敞开善意

在春天谈起落叶

朋友说，春天的黄叶发生在南方
不能称作凋落，或许当作是新生
仅是以流放的方式展开新陈代谢
不相称的事物施展魔力
悄无声响。整整一个春天
思考能够凝聚成沙
如若苹果重新掉落一次
我无法判定引力的使用区域
有意抛弃的别再试图找回
天空在那里转瞬即逝
如同已经飘散了的心情

传 说 之 歌

在混沌时期，没有动物
没有毁坏城邑的人群
也没有葬礼。江河、花园的形态
比现在的生命远为透明

大地的广阔如心胸般开阔
最强烈的变奏抵不过晨昏交替
在漫山遍野挑选着装又沉寂
地震的气息像脚掌的跳动
比亲身感受要惊恐

群山连绵的状态堪比海滨
匍匐在崇高的巨轮之下
我们的灵魂似曾相识

男和女、富有与贫穷的差异
在这里未知，在烈日下保存
当面临饥饿、猜忌，信念果腹

太阳落入地平线，潜行消失
有时，逝去的一切遥不可及
我坚持以无力之笔叙事

断 桥

这是一座孤单的无名之桥
很多年月，立在故乡之河
我的童年无数次走过

多年前，它承受住洪水的突袭
奶奶牵着我不住地加以称赞
我总是认为日暮远离生活
和脚下的桥一样，抵达对岸
需要旷日持久的时间

我无数次在桥的两边往返
一边通向消失的挽歌
另一边通向苍凉的稻田

我在海平面上漂泊
父亲说，那座古桥断了
思念那片土地的道路

如果奶奶还在人间
熟悉的身影定然在桥上走动
从早到晚

返 乡 记

我从偌大的城市回到乡间
阡陌纵横的杂草疯长，淮河
浸湿了无数个古老的原野
禾苗青翠，男人黝黑，舞动锄头
泥土在他的脚趾缝里游走
蚯蚓的躯体、知了的呐喊令人亢奋
我就独自坐在沟渠边仰望
一个姿态、一种记忆或生活
在汗渍里，在脊背上，缓缓滚落
又在神奇的太阳底下蒸腾而起
在晚餐前，烟囱钻出的火星与黑雾之间
大树底下的家长里短的乡言俚语保存完好
蹲在那里的老人也换了一些，难以确认
这样的黄昏，常常会问：我为何会在这里

故 土

时间的洪流卷入我的呼吸
在春日之妩媚指引世界旋转
雨的时辰、茉莉花枝有备而来
是为我欣喜，剩余的空白图案
在斜躺着的沟渠里一睹究竟

泥土正在埋藏它的归宿
我从容地走在自己的路上
很年轻，正如远走他乡的父亲
临走时抓一把黄土握在手心
若感疲倦就安心地聆听发芽的声音

家　庭

一声不响，他眨巴着温和的眼睛
甘心吞咽过往的亲情与分离
行走着，鲜活的事物像雨天持续
面向人类的历史，姓氏的意义
从来都是饱含兴致地翻阅
各种礼仪和血统遍布书页
在每一个港湾、每一个拐角
他沉睡许久，亮光变奏成音响
风暴止步于大洋的窗外
在地球的早上，在盆地，安然着
小小厨房的芬芳着实清新

简　　单

大雪三日，白发老人扛着一捆
插满冰糖葫芦的稻草，我看见
冬夜里浓厚的甜味

街道上呻吟着疲惫，一匹瘦马
站立眼前，幸福地凝视
烟囱由内而外闪烁着火光
有人要将她亲手点燃
倚着栏杆轻捷地转身
走过去，面庞茫然
感叹知识和命运的联系
好多天都在尝试猜透目的地
尝试编织出无比巧妙的梦境

距离（二首）

一

语言穿梭在你的日常和不同时代
在七月，陌生人变得异常火热
河流、浮云躁动并不崇高
远去的背影愈显落寞与微弱
在空气里，在书籍里，迷雾笼罩
想象在我的身体里快乐地漫游

我到过传说中的国度拜谒
颂歌浸染着每一处森林、山川
在神圣巍峨的巴别塔中，或许文学
可以和着美酒供人群享有
真好，纯净的日子引人入胜

二

如今他们老去在河谷之上
高与矮、黑与白、过去和未来的区分
跟跟跄跄，形成某个时刻的冲撞
除了偶尔脑袋里的怪东西
迸发而出，因而落入真实的地域

我们习惯谈论太平洋风暴的路径
或者地中海的沙滩如何妩媚待人
对于年月的概念经常只字不提
任凭无数的面容、衣衫与昏黄的照片
在脑海里起起伏伏，如生命般美丽

灵魂的高地

——读昌耀《内陆高迥》

我站在高迥无边的内陆
一页一页翻着苦难刻成的书
微笑着伏笔写下过往的风沙

苦难的记忆从封存的角落走来
没有感慨，没有依赖，没有颓衰

当羸弱的岁月沉淀下厚厚的绝望
哀伤已不再是我的哀伤，而后
蓄积千古的旷远、无人的悲壮
这晶莹的雪山，是故乡，也是脊梁

或许，上苍还在望着我发笑
鄙夷我作为凡人的脚印愚不可及
嘲弄我除了贫穷，一无所有

心中森列的原始朴素之象
凝视着世事在文字里翻涌
听见火山即将喷薄的呐喊

假若西域的狂风还在横扫无忌
荒芜命运的伤口血迹斑斑

沉默再次让无声的喧闹延伸至安静
终于，诗的剑向轻蔑亮出愤怒的武器

我向往坚守着灵魂的高地
苦闷的烟雾笼罩着一切
风吹不散，雨打不去
苍凉早已住在我的身体

旅行的意义

孤独近乎窗户的颜色
它紧紧包围，将幽暗隔离
勇敢者向着自由的角落飞行
酣畅淋漓，人们警惕了解云雾
那眼睛在林中隐没，但海边单调

总是以原始状态逝去
有节奏地吞吐，倾述
与生俱来的平静。你高唱颂歌
赞扬大自然的胸怀，高唱
在炎热下残喘多时的冰川
人类跳动的脉搏中住着废墟
谷底的石头沙沙作响，有青铜色的
回音在袅袅不断地延长

白日将尽，追赶余晖的细浪
和稠密的树根一样紧贴土地
平原一望无际又悄然静谧
因此窥探着复杂善变的表情
或许在深思寻旅行的意义

陌生人的微笑

城市的图书馆，在江畔耸立
我手捧透明的玻璃沁人心脾
新鲜感带有惶惑的模样

生活的常识泛滥在淡水湖面
她的书籍确定会精美无比
她的世界总是在云端飘摇
在街道向远处无限延伸的季节

偶尔有窸窣落叶，声声入耳
影子压缩成静止的地下水
开始了长时间地流动

它流向下一个城市，供人类狂饮
流向欲望之河，被蒸腾，水汽降落
并着肆虐的台风，滚落人间
又开始了下一个循环，周而复始
比陌生人的微笑还要自然

某 个 地 方

在你的世界必定住着某个地方
那里泉水翻涌在古老的土地
错落的村庄生长在槐树的山冈
偶有猿啼使果园桃李鲜脆
黄狗扎进了青草丛，成为了谜
在朦胧的薄雾中渐渐走远
那些消失的砖瓦房、春天的气味
在空气的流动中轻快涌动
将玫瑰唤醒，在暴风雨之后
将农田的麦秸唤醒，在收割的黄昏
快乐的日子在某个地方认真收藏

暮色，一人承受

在五点钟日落，暮色聚拢四合
寒鸦挤在邻村的树枝取暖
偏僻的小山村出现罕见的灯火
一个人被大雪包裹得严实
用双手触摸炉子的温度
或许不用，身体本能地发热
日和夜保持着同样的颜色
吹出的气也是乡音的唇形
他需要一座房子来躲避寒冬
需要志同道合之人温热被窝
更需要工作满足简单的生活
他习惯了一个人承受暮色
对着命运的荒诞，朗诵诗歌

南　方

一想起南方，我就想起了草木
郁郁葱葱如葡萄般通透明亮
攀爬、辗转在绵亘的山脉上
哦，南方，为了亲近你
一个异乡人不远万里
只为倾听那雨水横溢的季节
每一条河流都是丰满的乳房
无私地供养世代子孙
每一天颜色都属于炽热的太阳
那么清新，那么温柔，那么自由
我还要溯着数千公里的海岸线奔跑
累了就入睡，听着满载归航的汽笛
在梦中细嗅茉莉花的清香

墙 的 废 墟

春天安静地走过漆黑的阴影
没有倒塌的废墟即为合理
这曾在田野中出现，灌浆的植物
善待埋于土地腐烂的秸秆
堕落的背后和农夫的思考分不开
或者总结为大自然的新陈代谢
发生在世世代代，与坟头杂草
那股疯狂劲形成前后照应
一道墙自动屏蔽了庄稼和洋房
简洁有力的对话，她比任何人
都期待来自不同词语的启发
重新拾起一个泥瓦匠的本色行当
谨慎和泥、砌砖、盖瓦，尽可能填补
现代的空洞和脑袋的空虚
处于北回归线旋转位置上的日子
足以将劳作的空闲和日暮搭边
凑上诗意，盖一所光鲜的新居
哪怕终会推倒成一片废墟
我们可称为一段生命的乔迁之喜

三 坊 七 巷

我们兴趣盎然地行走
在羊蹄甲和春雨的零落
斑驳的老墙外穿透着
冰糖葫芦应和千年的叫卖
牛角梳也甘愿静坐梳妆台
《与妻书》凄婉在心底流淌

封存的陋巷过于偏爱暖阳
将背影烙在青石板上
穿着黄布褂人力车夫的打扮
摇荡的清铃叮当作响
每一声都在敲动梦境里的画像

多彩的泡沫在街头由少年吹散
恍惚之间瞥见祖母眼角的余光
你无法看穿过客内心的秘密
正如风筝悬挂高枝看不清
橡树脚底舒适的蚂蚁

秋千晃动了府邸的池塘
水由梧桐树叶子沾染，掉入
绵长的夜晚，吟读沁人心脾
我们匆忙离开了古老的岁月
被一阵阵汽笛匆忙驱赶
正如此时南后街的模样

生活的旋律（组诗）

水　流

重复是永远不会苍老的颜色
我在青石板上思考一天如何结束
别人的答案终究包罗万象
爬山虎藤蔓的叶子郁郁葱葱
喜忧参半，离枯黄也近了一步
小时摇晃在墙角负重前行的蜗牛
将试探的触角伸向心爱的地方
以躯壳为家，接纳巨大世界的痛楚

流水的"逝者如斯乎"使我灰心丧气
足够多的事物充实着身体里的裂缝
在悬崖上飞腾，在空气中漂浮
在柔软的山谷中湿润
在静默的我的内心永远地贮存

取　暖

我热爱黑白相间的云朵，半开的窗子
细碎如丝的尘埃缓慢地闪现
风的优雅就是一个奔跑的思想者
任其飘荡，任影子投掷在山岩

这个季节少些惆怅，有爱的时间里
星团在丛林的上空跃动
头发被雨水淋湿，有霉变的可能
躲进故乡棉絮做的被窝里
用火取暖，用心取暖
用我的炽热温暖另一个世界

沉　默

我们不情愿在众人面前呐喊
学着懂事，学着交出自己
让骨骼在酸醋的浸泡中软化
像精灵一样在林间兴叹

真实的物象还是参观动物园
这里可以和它们对视
大声唱歌、交谈或者保持沉默

声　音

风，处于混沌的状态
已具备惊天动地的气息
九月，来自太平洋的马不停蹄
它们似乎有摧毁一切的决心、狂躁
尽情捶打钢筋建筑物的外表
我不忍心告知渺小，一张口便是
万物的疼痛
星辰出没，无法如鸡鸣般兴奋

父亲习惯了当一位劳作者
他走过无数的村庄，街头巷尾
从上个世纪吆喝到繁荣时代
所闻之事崇高若小时的梦境
空洞、幽深，忘乎所以

颓圮的青苔被雕刻得多而散乱
如同我们感慨对话密集之恐惧
悬崖边上，幻想着纵身后的回响

一堆霜白将骚乱引来
我们都染上了可怕的瘟疫
听不懂语言的交谈，远离人群

在夜晚，我们渴望吟唱的安魂曲
让悲欣交集的过去如月光显现

父亲与我的对视一如既往地平静
忘却和时间进行的持久抗争
雷电的光芒昂首挺胸，将绷紧的
声音扩散至深沉的大地

失眠是我的痛楚

象征着光明的黎明抵达之间
失眠的双目栖息，这般炯炯有神

门外昙花在春天辛苦种下
多年时间沉酣在明晰的纹络
蚂蚁在噬咬甜食，诱惑使人着迷

一排高大的杨树遭遇风的鼓吹
在自我陶醉地拍打天空或鸟群
情绪是善变的动物，阴晴不定

前些日子，祖母在菜园自言自语
面向低垂的玉米地，倾述生活
使劲儿揪下长须并剥开颗粒
在粥里的香甜氤氲了冬天
甚至漫长有趣的童年

灯光暗淡，有足够的距离
和星辰交流宇宙的界限问题
有关她的一切多于年龄
我遭遇过荒野中磷火的跳跃
这种欢喜留恋于未竟之事
荒芜的杂草从未让生者心生恐惧

一场大雨送来迟到的雨伞
准确无误地判断温情的存在

人无法占有一切，征服一切
按部就班的事情最富有挑战
如同渴望的睡眠未能如愿

抒情的权利

呓语在苍穹与海浪之间交融
静谧的梦乡使景色模糊不清
我处于荷尔蒙快速分泌的年纪
周围烟火笼罩，将内心遮蔽

夜莺纵情歌唱的时刻
配合寂静，这想入非非的空间
吹奏着自由沉重的旋律
我的双唇抖落冰冷的姓名
蝴蝶兰上的光线引起注意
你的思想和他们一样清新脱俗
愿望与公平早就在额头上书写
我从绿荫沉沉的树下穿过

在最高的顶峰鸟瞰全城的风光
或者坐在院子里谈论历史事迹
青丝转眼白发，强大的内心
不再关心黎明之后的生存问题
一群红蚁在干草堆上抱头逃窜
鱼鳞般的房屋在正午目眩神迷
我围绕着它们走动，忘记时间

走吧，拥抱纯朴可亲的沙滩
把灰色的记忆堆成硕大的城堡
那些悬置的秘密等待被勘破
忧伤被孩童的天真慰藉
当理想太遥远的时候
人就容易苍老在路途之中
很庆幸，梦境拥有诗情画意
可以在酣睡的黎明收容内心
可以证明我们无比年轻
拥有尽情抒情的权利

缩　影

太阳从万物的影子中升起
晨钟裸露在冰冷的空气
声音喑哑，为喧嚣过于卖命
我身旁洁白的鸽子储存着谷粒
为生存奔波，枯木的皮肤爬满藤蔓
青翠欲滴想要填满苦难的痕迹
孩子的梦停留在林叶间的缝隙
投射形成的变幻的五角星

薄雾从田野向城市拥挤
人们呼吸来驱散朦胧的感官
茉莉花、焦躁的光迫不及待显现
在那块区域悄悄弥漫着死亡

芦苇柔弱的身躯，除了思考
更懂得自由地摇晃，或者任它
成为惊醒露珠的乐器
麦苗翠绿，散发着诱人的气味
像劳累了一天的父亲充实的笑容
沉醉在我天真的茵茵草原
季节短暂交替定格在新生的一切
无需关心黑夜和白昼的对接
游荡的浮藻在涡流中挺直身子
注入成长时的秘密，简单纯粹

而烟囱里的青烟该往何处蒸腾
满足干柴火焰的哔哔剥剥的蔓延
便甘心成为灰烬，归于平静
热爱着那一片结实的脊背

沟壑记载着耕作的延续
祖祖辈辈在上演前赴后继
荒疏了的乳名在树荫下交谈
我的希望被生活无情侵蚀
如树叶拼命挤压彼此的空间

墙上涂鸦的背后是四处奔走
忘却过往日子的荒凉盲目
杨柳抽了丝，堆砌在村庄角落
就像孩童们的心事无人问津
学着鸡鸣树巅的乐趣
关心草垛萤火虫的忧欣
却从未考虑过生长的命运
这佝偻的腰背是我的缩影

挽歌（二首）

一

关闭窗户躲避阳光的纠缠
很少准确说出钟爱秋天的理由
天的另一边，触碰的灵魂
进退维谷的栖息之所

地球的边缘，多情的雨季，我的脉搏
投掷阴影，如同少年的饥饿
比想象中要更彻底、忧郁

暮色和孩子玩具的颜色一样
静止模式下的嘴唇意味深长
街道托起了世界
往前走，会被压制，手足无措

走失前
几乎是沉默不言
扯平爱与时间的流动

这时你不再呼唤原点的位置
或伸手能够触及的梦魇
山谷充足恰若欢乐的谈吐
风吹过就是昙花一现

以灯光的执着抗拒这黑暗
像鼻息般平缓，迎接众人
微笑着翩翩起舞的吊唁

二

花草不必跟随天气的变化
凋零，在世间目睹的不幸部分
又怎样从新事物中得见

在表盘指针的晃动，人在匆忙
来来回回地看清荒原

总该会有所不同——注目的眼睛
来自于癫狂，才华横溢
会有特殊的表情，满腹陈词

青山西下，无止尽的眺望
在周围多不胜数
未来的预感抛向宇宙空间
我们该如约想起妻子
发鬓线上的黑白清晰分明
如同我将抵达的内心

疼　痛

疼痛悄悄地潜伏在人间
当它降临，震惊于太多的离去
一行老树在多情地雕刻时日
成为跳跃在林间游离的火光

稚嫩的孩子从远方奔跑回来
在太阳下泣不成声，极力掩饰
回忆之中戳穿纷繁面目的刺痛
难以承受，包括太阳里的黑子

行乞的人躲避话语、交谈
将认清他（对于夜晚的情感赞同）
削弱长长的队列，猛兽的奔突，走向
土地的疼痛或者擦肩而过的从容

我苍老于幻想

潮湿的雨季来自于海洋
我幻想是一条跳跃着的鱼
在其间随波逐流，自由穿行
倘若偶尔遇见贝的空壳
毫不犹豫地将身体藏进去
灵魂将在何处承受重量
此地有广阔的湛蓝与欢乐
有红色的森林和彩色的珊瑚丛
有沉重的叹息在波涛荡漾
我的幻想需要你驻足聆听

我没有忘记

我没有忘记，河岸边停着两艘破旧的船
故乡的门前站着几只麻雀，在土里洗澡
在这个时节，选择觅食，驱赶饥饿
麦秸金黄了，又在野地里燃烧成火焰
大雪悄无声息地掩盖衰老的迹象
和春雨一样轻盈，人们满心欢喜
农人们在睡梦中都可以看见丰收
我的狗儿，在偏僻的地方接近八岁
给它香甜的米饭，给它可爱的伙伴
迷惘的眼神还停留在我离家出走的那一刻
是的，方桌上台布的花纹是蓝色的
小床边墙壁上的涂鸦是黑色的
当然，父亲的头发已经是白色的

我以土地的方式沉默

雾霾锁定了很多座城
企图堵住来往的车灯
你闭门不出的样子典雅端庄

铁窗、铁门透露着寒气
这只是荒凉戈壁的缩影
难过的记忆封存流沙
我们在拥挤的时间里谋生

幽深的夜色是确实属于我的
礼物，淹没的眼眶贲张迷离
无数条街道皆是伤痛的模样
我选择以土地的方式沉默

写给母亲（二首）

一

欣喜贯穿全身，我于漫长期待中
抵达。白炽灯抚摸我的皮肤
晨光喷薄，占据你全世界的焦点

暮色爬上灶台，饭香总是扑面
皱纹将岁月的馈赠——笑纳
你从不拒绝有关我的一切

终于发觉你青丝变为斑白
此时我已长大多年

二

摊开时间的双手
厚厚老茧雕刻成世上最优美的图案
无助的眼神宣告了衰老降临
你走后，开始怀念絮叨的语言

当春草和麦田清晰可辨
露水还没在深秋凝结
你瘦削的身影又在门前等我
亮灯，等着跑累了的稚子归来

大雪三日，我多么渴望
你再反复说着乡村诡异的传说
吓得我躲进你怀中无法入眠

向往的生活

顺其自然的生活值得尊敬
彭泽令不过是个糊口的饭碗
乡里小人啊，你的权柄看似沉重
我心底里的丘山重于泰山
归去来兮，五棵柳树青翠欲滴
呼唤的声音扣人心弦
忘不了狗吠与鸡鸣的争辩
那样值得围观，值得感叹
书呆子的释义和古板相近
祭酒大小是官，也可腰缠万贯
他甘愿带月荷锄，植杖耘籽
成为一个缺乏经验的农人
草盛豆稀是植物生长的状态
偏僻的东篱正好适合采菊
适合让忙碌的世人向往不已

邂　逅

任何词语无法确切形容生活
有关蝴蝶或者烦忧的邂逅
在蓝楹花最早绽放的角落

心有余悸，与海洋亲密地招手
我的劳作是为了大雪纷飞

冬天已然被封存，我的感情
和葡萄一样收入地窖
酿成经得起品味的美酒

夜晚执着地滋养着失眠
将又黑又长的长发默念千万次
还要在港湾等候着告别

深秋的夜晚，我一定要学会演奏
顺着洋流倾听爱丽丝的秘密

信　件

我想，为老友写一封真诚的信
关于人类的迁徙，关于自然的命运
甚至是东半球某个村落里的事

欣然依旧，我提笔，大海涌来
触摸尘封许久的遥远年代
天鹅绒般的春日，情真意切
在空旷的银河系里重逢

狂热的使命感让我沉溺其中
比酒迷人，我的躯体激动得呼呼作响
这封信写完又该寄往何处

幸福的画像

走动着，他的血液在高楼拾级而上
比篝火的跳跃还要富有美感和力量
在塔楼的古老尖顶久久伫立
以目击者的客观在信步游荡
或者用手指发出蓝色之歌，铮然、决然

他不用挖苦扁平形象的轮廓
正如无法真正读解苦难的言词
纤弱的背影，土黄的茅舍，幽深的老井

他的心灵深处潜伏着太多的灵感
无处安放的时刻很多

匍匐的石头使丘陵异常低矮
明澈的眸子和地球一样自转
以至于日子在前进，梦境悠然

他惊讶，片段的诗句在沙地上写就
微笑在凹陷的额头隐去又浮现
以日常刻画出幸福的真实模样

虚实之间（二首）

镜　子

众所周知，青春痘是激素的作乱
哀愁得面向镜子都无济于事
多少变幻的生活在这里显现

你的微笑温热了阳光
类似于时间迅速地扩散
收获解冻的溪流浸透草地
一条宽广的河冲洗丑恶

镜子使我们看清自己的面目
衰老的发丝是一种颤抖
预示着要重视不足为道的生活

触　摸

乐章在荒废的城墙上演奏
你的幻觉投射出古老的乔木
在雨滴下五彩缤纷的倒影

我们双手的一生无比勤奋
无数次挤压多余的气流

它们崇拜摩擦产生的火焰
能够跳动出生命的寂寞

当我有一天安然倒下
触摸着北方僵硬的土地
在种着蔬菜的庭院里叹息
这简直比做梦还要真实

如今，清晨第一件重要的事
就是触摸唯一从属于自己的身体

遥　想

草木在南方分辨不出季节更迭
绿意掠过涟漪点起蜉蝣
我认真聆听着山茶花的呼吸

一场秋雨即是一片凉意
祖辈们的节气语言着实有趣
尤其幽微的风缓缓而来

我从迢遥的地方怀念雁阵
如同热切渴望着邂逅
多年不见的女郎

在站台上看见了你的名字
试图用全身的力气呼唤，一张口
声音呜咽在深邃涌动的人潮

异 乡 人

在熟悉的人流中兜兜转转
点燃最后一个烟头温暖春寒
他将游走的车灯看作儿时灯笼
一旦拎着就可以在天黑贪玩

异乡与皱纹类似，需要时间雕琢
他熟谙此处多愁善感的气候
习惯以拗口的方言反复默念着
每一条街道和小巷的名字

偶尔热衷观察江边的万家灯火
在深夜跳跃又在黎明熄灭
满怀欣喜，走遍了城市的每个角落

他拥有了世间最皎洁的月光
足以让自己也变得明亮

意　象

这世界真是纷繁，日与月并存
海与天的间隔不过是一瞬
飞机的尾气比云层还要高远

芒果树泛着青，栏杆锈迹斑斑
城市与城市的高大建筑物交相辉映
那时候，我善于坐地仰望
街道多么熟悉，现实多么真实
如何择取过往记忆的关键词
似乎它们足以概括所有人的一生

咏　叹

春日的妩媚，山路蜿蜒

走不出充满迷惑的双眼

有路过全世界的慈悲

往昔的风景浮现在记忆之中

一条河流的污染，一座城池的破败

那是属于全人类忧郁的事情

然而，事件的记载出乎意料

我们幸存，不止一次地

在数以万计的台阶之上

艰难攀岩，为日出的光

为日落的绚烂铺满整个西方

有关青春（二首）

程序或算术题

我们清楚地知晓向前生长
日子久了，关心月亮与地球的距离
荒野中野花含苞的种种秘密
以及炽热的伟大的爱情

后来，跟随城市向另一个城市迁徙
我不是鸟儿，却比它们更懂得气候
漂浮于河里的潮汐、沙漠般的黄土
光阴流转，在我的眼里很可怕
教科书中的言辞、语句使我们认真
这些简单的事关乎着前途与命运

真的，生活可以像程序或者计算题般
有规律可循，未来需要按部就班地进行
从哑哑学语到弱冠成人

淮河以南，长江以北

我是一个农夫的儿子
靠着几亩薄田找到生存的意义
偶尔在春日发现了牛羊的爱情
一种不合时宜的狂热

在难熬的梅雨季节
我一定会随心所欲地大哭
当嶙峋的鹅卵石爬上屋顶
文字和宽厚无法包容我的怀疑
舌头不能与他人进行交流
就像荒原上有许多粗野的黑影
值得我敬佩的祖祖辈辈
埋葬在淮河以南，长江以北

在 冬 季

在冬季，我可以像风一样嘶喊
那声音掠过每一间茅草屋顶
目睹雪花像失恋者一样感伤
庭院徘徊，迟迟不归家，童年的沉思
使我比大人们更多愁善感

面容隐隐约约，班得瑞的琴弦
沉浸在冰与雪的合奏交响
我见你在数座高山上攀援
抓住刺骨的藤蔓，深沉的呼唤
以及灵魂共振发出的火光

太阳将你的梦境灼热，永恒的
黑色的田垄上我们一同奔跑

长安山，多年以后

脚底的相思树叶疯狂到
自由旋转，我摆弄几根枯草
满山的爱情都微微泛青

气流发酵成半空里的浮云
酝酿诗意，我怀念稚嫩的鸽哨
在成熟的季节响起

草木的芽尖需要被感受，被体验
在路的尽头和蚂蚁一同欢欣
我虔诚地坐在教室，但行动迟缓

经常拜访的雨水将这里变作一片汪洋
泛舟也好，我尽情地吸纳一切

置 身 繁 华

一不小心掉落在华丽的霓红灯下
顾不上谦卑与无礼，脑海剩下空荡
路还是熟悉的那条，没有空白
喧嚣将全身的血液痛苦地抽离

谁能品味古老的挽歌与吆喝
狂野不驯的灵魂跃然纸上
我渴望僭越贫穷，却拥有了
无穷无尽的奢侈的梦想

假如黑夜真的不再撤离人间
爱情即将会枯死在物质的沙海
我们需要离别的钟声去唤醒喧闹
去吞噬由来已久的枯燥

忧郁的夜曲是置身繁华必将付出的
代价。立命于人群，需要安之若素
注定了要习惯新生与消亡的变奏
因为往往万能的不是上苍，而是孤独

仲　夏

除草机轰鸣，在漫不经心地
处理疯狂生长的结果
热气蒸熟了掉落地面的鸡蛋
将焦味笼罩在路人的头顶
街角的狗张大了嘴巴，吐动舌头
似乎准备把整个太阳吞进肚子
它仰视着身边两只强有力的手臂
将垃圾桶高高举起，倒入清洁车里
转身是一位五十多岁的中年妇女
她有和我母亲相仿的年纪

走在乡间的路上

我从遥远的地方赶往乡间
广袤无垠的稻田被金黄色席卷
我在这里的路上踽踽独行
和芦苇荡里的飞絮一起游荡
从参天的杨树向清冽的池塘

风的凉意吹散了野生的鱼群
金色的波光秩序井然地涌向河沿
两三只翠鸟成为了可怕的阴谋家
在湖面上谋划，像子弹坠落

薄雾翩翩的气度比云朵轻巧
蓝草洗过的天边有雁阵掠过
相思鸟快速地钻入明朗的森林
太阳的斑点在地面闪闪烁烁

村落里的炊烟和狗吠一起飘远
母亲呼唤孩子的乳名
那种声音和着锅里沸腾的水
使人的内心翻涌，无法平静

门前无花果树光秃秃的
它干渴地啜饮清泉

漂泊无依的鸟儿在这里落脚
比黄昏更迷人的是期望

我不是抒情的诗人
不知怎样去表达愉悦
语言经过反复的酝酿
一旦张口，又怕搅乱了安宁

辑三

梦或现实

八点的十字路口

清晨，我们陷入城市的建筑群
这热带风暴的中心挟带鱼腥味
歌唱的节奏按照红绿黄的闪烁
沿着光波在晨曦中起伏颠簸
当洪水开始决口，一放行便川流不息
身影是充满力量的生命个体
他们熙熙攘攘地创造价值
疲惫远去，面容涨满流动的泉水
孩子渴望回归自然，在激流里重逢
老人在那棵参天大树下摇着蒲扇
我们的生活在电动车上摇晃
小小的轮子上承载的世界使人涌动

白　昼

汽笛声在空气中撕扯
我走在白昼的宽阔马路
黄鹂完美融入父亲的油菜地
浑水掩盖浮藻下的草鱼，觅食而去
母亲絮絮叨叨又说起了年轻那会儿
小院里的桃树耐心地垂下头颅
为扑面而来的风预留空间
日子接近贫穷的故乡，有人逃离
最终又安葬于此地

被雨困在树下的清洁工

一场暴雨在午后不期而至
倾诉者酣畅倾述满腹苦水
如此地无所顾忌

穿着通身黄色的粗糙工作服
上面写着大大的"环卫"字样
这便是你广为人知的名字
除此之外，人们一无所知

你蓬松的头发像稻草，在马路竖直
双手蜡黄，如同尘土的颜色
许多清晨的街道变得干净整洁
为何你没有认真地打理打理自己

你所拥有的工具极其简单
一把笤帚、铁锹及背在身上的垃圾桶
是的，你的收入微薄

黑云压城，天色向晚
我看见一个身影蜷缩在树下
所有的声响都是多余

博 物 馆

历史的尘埃爬上陶器
玻璃橱窗里每一处都是独立空间
似乎要将记忆和美感相互隔绝
被泥土和岁月垂帘，终幸免于难

小小身躯与想象力牵扯纠缠
处于聚光灯下，将秘密重新拾起
故事背后定是王侯将相的威严
或者是王朝的巨变发生于某个深夜

山洪海啸掩盖住常用的语言
流水冲走砖石瓦砾，只剩下
如今伫立在地面的雄伟展览馆

有个大胆的想法，何时
我们的日常也成为一座博物馆

对　话

风暴在苍茫大地上肆虐之声
月光在窗台上凄冷寒彻之声
霓虹灯如同眼睛
注视着那宽阔
无人的街衢，曾遍布车水马龙之声

不承想徘徊在静谧的郊外
不承想别离借助孤苦的呼喊
进进出出，开门声
在摇摇晃晃的玻璃墙
无数个回答在遗忘未到之前

四季更替被繁华拒绝许久
星河的收缩与扩张视而不见
我处在遥远的平原
丛林之间，沉默之间
孩子啊，秋天是个适宜旅行的季节
适宜读诗作画，或者庭院赏月

初　心

当我们开始踏入历史的洪流时
时间硕果已经在古老的土地贮存
编钟以浑厚的姿态撞破游云
穿过诸子百家妙语的惊心动魄
即使矛戟兵戈舞动了秦汉的磅礴
或者珍贵书简难以摆脱跳跃的火舌
文字比我们更顽强、更持久
行楷草篆的笔画连同遥远的记忆
融入民族的血液，连绵不绝地涌动
有些时候，我们向往着崇高与光明
泰山绝顶的慨叹既是雄心，又像雷鸣
响彻在秋风猎马的长城内外
由北到南，从内陆延伸至悬浮的海洋
将明月铺陈在江南春雨的院落
他们的家园、风俗送别了王朝
伟大的民族向来不会缺乏苦难
声声炮火敲碎了上国的美梦
满目所见皆为疮痍，天空笼罩宁静
山河、草木、灵魂渴望获得拯救
一个鲜艳的旗帜在哀声之后
在血与火之后，在艰苦奋斗之后
以执着的信念抖落了多年风霜
依旧屹立于世界的东方，从容不迫

历史的车辙碾过愚昧与盲从的沟壑
需要勇敢地拨开挡住前路的迷雾
那面旗帜总是在十字路口坚定地挥舞
引领着人群"摸着石头过河"
从封锁到开放，从贫穷到富有
是的，新的时代已经到来
高铁穿梭体验速度飞跃的美妙
碧水蓝天倾诉着神州的分外妖娆
她有着创新、责任与生命力的容颜
以自信的目光走过山川、城市与村落
使脚下的每一寸土地皆是欢乐之歌
我们永远爱她，一片和谐的家园
一个命运共同体，一个五千年文明的民族
从历史深处发出了初心的回响

多 重 寓 意

黎明之前，春草突破了地表
我立即走到河的对岸去
桥面上的钢索冰凉，一触摸
便直抵人心。渔船的汽笛作响
就像设定多年的程序
我要去拜访老友，在这片隐秘区域
浅蓝的礁石上倒映出鱼群绚烂
一支歌、几句方言让城市和吊桥
合二为一，我终于落入漩涡
跟随着世界的方向反复辗转
这种轻盈使人不再年轻

狗尾巴草

友情使人在黄昏几乎忘却一切
山间小路上的阴影飘荡摇曳
在桥与路条条波纹的侧面
将单纯而热烈的愿望囚禁
如何走出世代卑微的困境
杜鹃会飞，鱼能够多次跳跃
甚至蒲公英也可以舞动热烈
远离抒情，假若来到无名之路
狗尾巴草在夜晚闪烁着绿光
精致的画面在眼眶游走
混杂着对命运预言的慨叹
而我疯狂生长在任何季节
以别样的姿态扑向大海

孤独的影子

影子是孤独的，我们看见了自己
在江河中澄澈，在森林里躲藏
在灯光下又以一种挺拔的姿态
听遥远的钟声回响，撞破了
阔别故土多年的幸福模样
太阳底下追着同伴的影子奔跑
踩一脚便欣然地捉住了尾巴
任凭漫过脚的河水漫上肩膀
或者在疼痛上开出清新的紫罗兰
影子啊，忠实于身体，不离不弃

狂 想 曲

入眠，他占据了世界的中心
用身高丈量山峰的高度

路人听见有潮汐澎湃
他们饕餮美味的江河
在北方的天空底下呜咽

一块石头遽然沉入江心
泥沙亲近光滑的肌肤
在解冻时节的心容易融化

汽笛与夜市让情绪逐渐上升
悬置的思想对荒凉有了新看法
因为时间的缘故，我们苍老

落　叶

如果你被美好的世界忽略
正像泥土中的秋叶遭受掩埋
蔚蓝的天空少了些云彩
无家可归，强忍着腐化
根与茎痛苦地消解
树干孤独地向高处呼唤
闷热的风在全身流动
灰色的路上有甜蜜的幻想
新芽在枝头，在春日的温和
在诗人美好的笔端绽放

麦　　田

麦子圆鼓鼓，表弟的眼睛
注视着倒下秸秆的密度和间距
断裂的根生长在脚丫窝里
馒头的香气扑面而来，愈加清晰

他是个孩子，浑身使不完的力气
将一捆捆麦秆小心抱上田埂
喂养那嗷嗷待哺的拖拉机
以及要来临的新学期

走时，平躺的秸秆被沤肥，付之一炬
忍不住围着熊熊火焰奔跑、大喊
他们从未见过城市焰火演出的辉煌
于是，偷偷地趁机集体狂欢

假如你到过平原广袤的北方
恰好碰见肌肉摆动木锨，借风扬场
定然陶醉于麦壳轻盈，似雪从天而降
这一次，散花者不再是窈窕仙女
而是黑黝黝土地般的面庞

梦 或 现 实

在紫色的黎明时刻饕餮
我们的骨骼生成了饱满的思想

中年的歌声是一种畏惧
全身神经陪伴着苦难之诗窒息
比昨日的合唱还要深邃

秋天一到，生命的气氛呈现衰弱
绝好的状态是面向黄昏呆滞
将爱情的种种沉闷隐藏

在梦的话语里我是世界的主宰
可以在幽昧的河道里穿梭而过
在迷雾笼罩的山脉之间翻腾
黑云低垂着要将小鹿驯养

我的步履消失在鸟兽的世界
像一颗成熟的果实即将被摘取
岛屿上的神秘与陌生化的距离
在现实的岸边漾动着笑靥

命 名

图书馆、汽车、动物、街道
以及行色匆匆的攒动人群
跳跃、昏睡，舞步轻盈
从他者口中发出的声音
赋予了字词的合法性

父母为我命名，希冀与生俱来
有时承载着种种故事或爱情
有时渴望在孩子的影子里发现自己
我们需要生存的意义
正如身体的每个部分具有特殊属性

呐　　喊

一个世界真实的苦难接二连三
我体会，我悲伤，我无助，我接受
哀叹于赞歌和舞蹈如常上演
渴望站在悬崖边上声嘶力竭
但最终还是直接大哭一场

我们的舌头在交谈时颤动
在行星之间猛烈地舐及伤口
行走成为了俯视建筑物的方法
反复催促珊瑚丛焕发光彩

我时不时会见到悠闲的白鸽
丰满的羽翼像寓言一样涌动
虽然它们从来不曾飞过

贫　穷

村头的树林贫穷，除却吱呀的呻吟
仅剩下枯黄的叶，透着白霜的寒骨
一条通向远方的路多半是坑坑洼洼
祖祖辈辈的劳碌被填平，又遭受踩蹋

水田里的黄牛犁子耙出的土地是干旱
缺少肥料，质地板结，产量无法拥有
假若天气晴好，有闲人以此为景拍照
水印或许是"绿色的海洋，美好的时光"

坐在田垄大口喝水的父亲是落寞
从祖父那里继承三亩薄田
只够一家四口的一日三餐
哦，一旦父亲失去了力气
我和弟弟或许可以均分他财富的一半

女人之隐秘（组诗）

一

透过人群找到令人恐慌的自己
在别人那里，一切从属陌生
即使多年以来挣脱了命运

明媚的春光微笑地在野外踏青
幽深的丛林处处回响鸟的哀鸣
空气湿润得去麻醉、抚平
生命丘陵里的低洼地

面前葡萄清香可口的季节
太阳不再是光芒与水分的平衡
传说被爱情的兴趣溶解，不止一次

二

长大了，身体产生了怀疑
为何梦境与世间的重复如出一辙
在痉挛中孕育生命的零星碎片

我是无休无止的欲望，是发酵的希望
在记忆被完全抽离的瞬间

注定了一场由来已久的灾难
以秩序的形式幸存着

我在思考繁殖的秘密，不是机器
丰富的感情要求对一切保持敏感
渴望和周围的世界握手言和
更要互相取暖

三

韶华被镀上青釉，被衰老追赶
尽力去描摹生命的无数种颜色
确保凝视的那一刻是纯真

我闭上眼感受浪花的低吟
让流沙从身体里细细流转
成为化石，无法承受更多的疼

除了你舞蹈的激越
自由的歌声能够担负得起

四

这不是事实，风暴疾驰而来
成熟如广袤无垠的农场里的麦穗
火焰在晕眩时恣情跳跃
你的这般自由使人惬意

青涩的步伐早早惹上了思念
我游荡，我缓慢，我诧异，我试图接近
这闪烁着多重的诱惑面庞

冒昧地祈求在困顿中安歇
如爬山虎执着地缠绕、撕扯
生命的不幸多是发生在沉迷
追逐着果园丰富的轮廓

五

我已成家，成为了孩子们的母亲
闪亮的名字没有心情逗弄蜜蜂
观赏落叶成堆，渐渐地
在人群中懂得了争分夺秒的生存

我还是朝着太阳的方向运转
围绕着自然与人类的圈子走动
缓和夏天的幸福与燥热的不适

六

是啊，对于衰老保持着长远的畏惧
并非如想象中千方百计躲避死亡
当皱纹如苔藓般层叠地堆满脸庞
生命的残忍酿就了沉重的甘香

我感到无力，这空空的角落
翅膀和飞翔的声音变得陌生
不言而喻的唇齿间的召唤

人老了，努力将一切看成水或云
不向岁月缴械，不听从贤明的安排
爱情几乎成了我人生的全部秘密

青翠吊兰

是的，养花的乐趣要大于生活
沉思敌不过吊兰叶子的沉默
一盆青草和几片枯叶吹送着
最后的湿润雨季或温和的柔情

生命汲取的养分并不充分
小花在丛中凝视着众人
甜蜜的幸福在目光的虚空里
美被断定为悬浮多变的气根

如果左摇右摆值得推崇
那爱情需要一块坚硬的木头
雕刻成花盆，既能注入新鲜
又能将守望、猜疑流失干净
你将目睹青翠渗入泥土，在来年

秋　日

时间站立在悬崖顶端，大雪抵达
大概需三月，失落的雁阵生怕
声音完全掩埋于黄昏萧瑟
观望着木叶投入泥土的胸怀

一张口便是陶潜的东篱，似乎
解读的权利日益缺乏翅膀
语言和气候在秘密的交织地带
渐渐凝结为涂抹脚底的白霜

北方的雄浑历经了多年光景
细腻心境藏在黑乎乎的蚂蚁食群
忙于搬运，反复以触角相抵
以狂欢的篝火将野外荒草点燃
在秋日，灵动如舞者

稀落的村子组合成棋局，吸附着
耀眼的金和锅底薪火炸裂的红
以及田埂上游走的雾之透明

老人们弯腰抬头，配合着
锄头在半空挥舞的弧线
合谋为秋日奉上力量蓬勃的美感

人们惊叹逆转

悬念吸引人们浪费时间
乐意看见幸运天平的倾斜
最妙是任意一方身处险境
看客们惊诧得为之一颤
正如靶场一语中的般的快感
将耳光打在稳操胜券者的脸上
从前，巨大的差别按照剧本上演
陈旧到可以昏昏欲睡，可以哭泣
甚至柔软得失去魅力
如若对话势均力敌，我们紧攥拳头
满足了渴望已久的旋律
在瞬息万变的气息中展开平衡
满腔弱小战胜强大的悲伤
获得的是坚定而不可思议的目光

认　真

视线从不逃离真诚的心
嘴巴半闭半合的状态
在墙壁和铁门之间诧异
时间是关不住的生物
少女的希望。走进记忆之河
我们冲刷脚底的污泥
将察觉幸运的结局
在灵魂受到荡涤之前
之后，又继续汹涌地流淌
他被多副面具包围，渐感疲惫
在星辰和大海的通道上休息
认真地审视人世间的真善美

散　步

在我最陶醉的时节活动
银杏的叶子急忙堆叠成丘
浮云投递的影子很是纯净
清澈目光击碎远山的乱石
一只白鹭心怀火热，不动声色
叙述着方圆百里的故事变迁
渔船如期归航，野径铺满干草
比暖和的湖水还要惬意几分
白色的房子被夕阳涂抹，注视彼此
注视着水流穿过鹅卵石
敏捷的变奏向入海口延伸
星光隐退，太热烈，不大适宜人间
语言在遍布的青苔缝隙里老去
我的希望在逐渐消失，直到无家可归

诗 人 之 问

"你是诗人吗？"提问震人心魄
以委婉的语调避之不及
诗的灵感在退化，缪斯悲哀

实用主义者的价值统治了一切
吃饭的作用在于填饱与消耗
正如文学的用处一样寥寥无几

世界的变动使人敏感异常
歌唱与写作者都可成"家"
唯独诗人踽踽独行
一个人在感慨，在抒情
大概没有人真正走近过内心

石　头

从地质运动中升腾，拾捡起
岁月坎坷印刻的嶙峋，我不说话
舐着惨淡目光的轮廓

湿地布满水雾，在每一个角落
填充内心扩大的裂缝
绿洲冲积出了海蓝色的眼睛
记得将往昔的日子封存在这里

我的目光随着雁群向对岸迁徙
石头掷出绿汀外衣般的清脆
破旧的渔船在群岛之间巡航
我们和落日一起沉入水底

偷　窃

辗转获取思考的众多空间
在黎明之前的游离饕餮
一家店铺、几个老人，面对面
世界已是毫无畏惧的陌路的灯
视线温暖，在爱情和倦怠的阶段
占有和告别独自阅读的时间
以消亡一朵花瓣重新开始
过去的拥抱在书本里上演

音乐在斑驳的路径之上铺展
沿着圆形的晕眩四周狂奔
在街衢与肌肤的角落停留
玫瑰被长夜的苦涩协调
我们知悉生命流失的痛苦进程

投　影

天与海、生与死在这里呈现
我们围坐，欣然地接受大千世界
山丘下有牧场，教堂边有条江
无数的身体从记忆里汲水
声音动人，钟楼的撞击宣告夜幕降临
善射者的利箭直上云霄
三五成年的人满怀希望地闲聊
以政治家的口吻对世界进行拥抱
水面开阔，河岸被雨水屡次冲刷
既无强烈的疼痛，也不忘乎所以
桌子上的茶具摆放得整齐明净
一旦打落，真实便不复存在

我的世界一览无余

所有的房屋都是灰白色的
每一片砖瓦都是雕琢而成的

日夜不息让幸福变成完美
心境和季风、水汽一同淹没
你从初秋的白霜中走来
透明，使人亢奋的光亮

我想到了庄园，冰冷的群兽
在残酷之后开始围困爱情
这是一种饥饿在渴求温存

我们用手势交谈，牵着
湍急的河流汇入心跳
接纳许多透彻明净的话题

生命有了充盈的水啊
我的世界就一览无余
川流不息

图 书 馆

流水，黑夜。乌龟藏于睡莲
我充其量是个流浪汉
在有风袭来的日子里

潮湿的草地，一群蝼蚁
筑起的巢穴到达高耸入云
紫罗兰的气味逃离我
发育着的青苔表示轻蔑
童年想象的不可及之处

泛白的槐树，松鼠抛下
布满纹路的时间空壳
掉入池水，打翻书本上的霉味
言语中的微辞，尚未开花的铁树
黑色的监控探头聚拢成象
恰如孩童课本的涂鸦乱作一团
在纸上泼墨，旱季的八月
适合吟诗作画，适合在龟裂的表皮
吐露灰尘，痴汉面对浩瀚典籍
朗诵人类历史之伟大

他还是个孩子，木凳、竹林
在明朗的清晨格物致知

猜测图书馆的造型出自名家手笔
方位转换之间看得见偏离的光线
跳跃着祖母的银发，青黄的芒果
枝杈间树叶让位给季节轮转

终于，走失了几匹白马
赶紧骑上，趁着日落之前
还精力充沛，毫无疲惫，思归

消　逝

—— 悼亲爱的舅舅

生死之间的距离在一瞬间完成
如同记忆的石头掉入湖底般平淡
给予幸福的波动震撼人心

无法想象在秋收冬藏的时刻
等来枯败，希望埋藏在尘土
消逝竟眷顾了一个稚嫩的
茁壮生长着的孩子的父亲

他是农民，估算麦穗的重量
却无法让自己变轻，稳稳地
安全着陆在钟爱一生的土地

多年前，外公走时和你一样安静
你说，悲惨的命运使我们相依
亲手搭建几间茅草房子，学会
安身立命。这无所不能的大手

垄边那疲倦的身子正倚树休息
望着绿油油的方田，欣喜地眨巴眼睛
沉甸甸的稻子啊，今天他不想管你
请允许他走自己的路，好好休息

修　饰

哦，世人是如此地接近华丽
苦心积虑走向焦点的中心地带
一朵鲜花、一团火焰熊熊燃烧在
毒刺、冒险以及恐惧的边缘

我们被烦恼裹挟，故作忧郁
在掌心生出快乐的影子
这积雪般的冰冷在崭新的墙上
呼喊漫不经心地打破宁静
顺势钻入疾速消逝的爱情
穿透千疮百孔的美化过的人群

一棵山丘上的树

城市远郊的山丘上，很远的地方
就望见了这棵顾影自怜的树
如一个灵动的舞者在飞扬

天色已近黄昏，雾气缓缓侵袭
在空寂的石缝里听见淅淅沥沥
它决心要把痛苦凝成跳动的珍珠

脚一落地就印刻下泥窝
填满了凄风和落花的呻吟
色彩鲜艳，我们的瞳孔贲张

这棵树使秋后的草地艳羡
青翠与枯黄恰是木秀于林的诠释
我想起了屈原，怀念汩罗江

清冷的月早已在东山窥视
年华将它的慰藉悬在树梢
我们的额头布满了落寞的皱纹

黑云压城带来持续的惊慌
枝叶被七零八落地敲响
我以瘦削的手撑着苍穹

每一声霹雳都刺痛了过往
每一滴雨露都在宣告未来
它像时钟在大地上左摇右摆
黎明时分要将冰雪融化
让流逝的泥土给出坚定的回答
这棵树就是我们自己

夜　曲

整个夜晚沉淀成一池湖水

繁星以有节奏的姿势挥舞双眼

这个时辰不宜认真地赏月

一抬头就容易迷失自我

露珠隐藏在花园玫瑰的花蕾里

少女的美梦和着赞美诗哼唱

睡眠在夜晚是一种奢侈

学会和时间紧紧拥抱，和黑暗接吻

远处的白桦林，浓雾紧紧拥抱

我的灵魂被爱情全部占据

夜的音符揉碎在沙沙声响之中

他的呓语是诗篇中摘录的词句

最美好的记忆垒作一面城墙

用来阻止心底最疯狂的呐喊

夜莺啊，可否停止你的独唱

可否告诉那个辗转反侧的背影

我们将热吻，将永远相爱

虽然来时两手空空

一 轮 圆 月

月是冲破异乡行客心理防线的
最直接、最残忍的手段。这归功于传统
早已渐渐消融成积水的庭院

画好的灌木丛发出声响
他乡总是点燃种种情绪
从古至今

在住宅楼的上空，也有清冷
全世界不再关心睡眠的质量
怀念沿着墙根铺陈

幸好，村落之中还有一口老井
可解渴、煮饭，也可如镜子般
明亮。将一轮圆月带回故乡

依照爱情（组诗）

一 眼 之 间

浩瀚宇宙中的星宿互相透明
视线不为交错的运动偏离
他们排列成简单的言语
在拒绝碰撞，在遥相呼应

清风中夹杂着植物的讯息
消融在万物萌生的节气
我的跋涉在枝桠间碎裂

走进沉寂的山谷极易忘我
偕同雨雾的朦胧，不可亲近
世间的深沉莫过于相视无言

时光不再忧虑

时光不再忧虑并甘之如饴
溪涧回响着宽恕的声音
繁芜的灌木丛藏着诸多秘密

日子缓慢地与蜗牛角力
重逢的欢欣没有技巧可言
我们都在试图取悦苦难的过去

穿越北方漫长难熬的冬夜
纯洁之雪在屋顶挥舞
在湖面游弋，水藻的清香
将妩媚发挥得淋漓尽致
我们流落在荒野
大雪纷纷覆盖，合二为一

一座孤立的山峰

一同向着幽暗的远山攀爬
在深秋时节，是应该凉风舒爽
一位慵倦的充满幻想的女子
在喧嚷的街衢若即若离
以陌生的口吻指路，解开枷锁
如同一座山峰般在大海升起
从始至终都值得敬畏

不惋惜，不欣喜，我也不庆幸

严守辛勤耕耘的秘密花园
生命的谦卑在恣意地展现
叶瓣的单复数形式未曾提供答案

饱满的果园是造物主的声音
光与水的交接显然恰到好处
每一树根茎都孕育伟大的思想

或许流苏的摇曳是一种启示
像极了生命无枝可依的状态
我的悲欣在飒飒作响

是的，从不畏惧猛烈的风暴
或者幸福的瞬间转移
我并不惋惜，不欣喜，也不庆幸

有关一只狗的怀念

卡片和纸团还在，零星的碎片
多次拍打脚背以及狭隘的思想
善良与永恒的肖像引人注目
它一身棕色毛发，红色的项圈
紧紧套住了乡村的偏远
挂在墙上的那幅画总是在流淌
配合着忧郁时的浅吟低唱
我丝毫没有察觉到它的衰老
孤寂的灵魂在撕扯，在奔跑
房间是明亮又悲伤的色调
在九点的时候，万籁俱寂
包括整个我的世界

艺 考 生

多情的世界暂时告别了迷离
话语不是蒙娜丽莎善变的微笑
人群中心奏起带有谨慎的曲调
蒙上塑料薄膜在鲜明的瞬间

画面该用蒙太奇的片段填充
小教堂前麻木的石灰点燃
喷薄的泉水以及铁栅栏，自由想象
蜷伏在林间沟壑，时而交错
（你可曾亲手碰触过思考者的臂膀）

完满的事物和魔法融合
灵感匍匐在熟练者的胸腔
他装作是个奴仆，勤恳祈求前行
拼命被华美的外表环绕

温柔的佯装，走出迷宫
要充足的时间护送欲望如期抵达

短暂的过往，他的人生证明真理
"你不可能两次踏进同一条河流"
真实的生活缺乏童话

呓　语

躺在床上享受片刻的温暖
在海上月亮升起时思考
道路的弯曲与延展的距离
空旷的田野隐藏在坟墓之间
公羊带领族群在这里暂时栖息
皓月千里，它们亲近洁白的地表
在溪水中告慰分离多年的亲人
这里确实是绿树成荫，我在追寻
每一片叶子保持沉默的原因
直到人生的路程沾染了很多风尘
沉重的呓语使人心生敬畏

庸　俗

道路通向了荒芜
沉重的岩石将我们镇压
白昼的流逝一直晦涩难解
在这情绪交叉感染的季节

冒险家擅长抵御华丽的侵蚀
探求标新立异的游戏
他手舞足蹈地摇曳
风度是想象不出的肃穆

从清泉到沟渠的流动
纯净度的区分难以接受
霓虹灯下，咏叹远去的经典
浇灌传统土地中的浪漫花朵

在 六 月

一个夏天的狂热表达
卖力蒸腾着柏油路
在街道上随心所欲地滚动
衬托出我和软体动物们
陷入一片黝黑的光中
那宏大的桥梁停止欢呼
善意的绿色从北向南
热恋的台风终于来了
我们会像行道树一样消失
只有你的声音能够穿透
好像一切都未曾发生
你眼睛里的白马走失了
无处寻觅

致海子（组诗）

死亡以一种生存的状态扩散，在孤独时刻

——题记

一

和你一样，离家时间长了
就眷恋起有黄昏的村庄
有绿色蝈蝈窸窸窣窣的声响
游离于繁华之外的面孔
季节的更迭难以靠近

一个生命的完结，世人保持清醒
枕木、铁轨，寒冷的眼神发自肺腑
春暖花开多半是深情的呼唤

我相信，怀念大海的人
定然具有海水般的深邃

二

从前，一坐上列车就满怀忧伤
忘不了疾驰的鸽群白色的翅膀
忘不了在半空中飞走的河流
每一座桥梁都在向远方架设

我缺乏锐利的目光去看透
麦田在大地上的谦恭
用诗句宣告潮水来临的讯息
带着诚挚的曙光，从南到北

三

他依然站在那里凝望
此时或许不需要十个海子复活
一个就足够看见光明的景观

从睡眠中醒来，击碎语言的牢笼
我要将明朗赠予天空，甚至是贫穷
都在尽可能地给我安慰

征　服

我的世界逐渐被情绪吞噬
变成烂漫多姿的春天
在幻想的枝头凋零又怒放
任凭时间去征服爱情

我们需要膜拜，需要血脉贲张
好像猫头鹰在黑夜犀利的眼睛
人们在炎热的阳光下认真寻觅
用一束光照亮庸俗乏味的生活
照亮深不可测的欲望之河

我战战兢兢地靠近情爱
这是一场异常可怕的瘟疫
使人的灵感在湍急水流中奔腾
使人着迷到身不由己

纵　容

日复一日，我了解哭喊
那些必要忧愁，正如伐木工人
不曾离手的斧头在挥舞
已成为温暖的房屋

透过时间，看隐秘的命运
如何牵扯思慕者的星辰
微弱的气息抖动朝露
我们饱经风霜的歌唱超越了
候鸟族群的自由

青年人的逾越在太空，在永远
善于赞美礁石的处事果断
我的纵容从未因古老失效

我们忠实于自己（二首）

可能是这样

日子很短，在山腰晃动着
在翻看无病呻吟的诗篇
在发泄着不足为道的情绪

可能是突袭的暴雨使人憔悴
可能是悬浮的颗粒混入身体
我们被鲜美鱼肉中的尖刺戳中
忍受着恐惧的激荡

如人们所说，每一个明天
都成为了希望的代名词
以一个诗人微弱的尊严
驱逐寒凉的影子和艰难的道路

可能是这样，登上最高的山峰
发现卑微也不是一种过错

如果蝴蝶振动了翅膀

在太平洋的沿岸围绕着火山
颤动比家常便饭还要平常

安定使我拥有了内陆的干旱
整日观察银河系里多余的时光

海藻类的生物在山顶上浮游
理想的落脚点曾是汪洋一片
我的很多祖先或许在迁徙中丧身
最终在沙漠里与世长眠

如果娇弱的蝴蝶振动了翅膀
带来了一场毁灭的暴风雪
我聆听了他人的肺腑之言
温度很低，要多穿几件外衣

辑四

土地的语言

城市的辉煌

所有的土地开始逃遁
白昼的声音变得绵长
高处的灯光异常辉煌
远比月光还要明亮百倍
橱窗里的森林无比繁茂
无惧屋漏在暴风雨的夜
人们均匀地呼吸与交谈
关心高楼拔地而起的距离
关心下一个中心的崛起
满心欢喜地向着可见的荒凉
施行号令，完全占据之后
又向着欲望的深渊开拔进军
终于彻底远离了土地

大 江 颂

在时间和历史的洪流之下
和黎明一同升起的
荒凉的原野上
大江沿着古老的河床显现
金江船夫们的号子声将它唤醒
在慷慨的呼唤声里
在横亘的深谷中
它开始沸腾，用力翻滚
咆哮着向前奔涌
歌唱着、高昂着、激烈着
在古老的大地上生生撕开
一道深深的裂痕

从巍峨的唐古拉山脉出发
潺潺流水在耐心地积蓄
就好像一把宝剑在打磨
思考着该以怎样的气魄
去击穿神州上的崇山峻岭
越金沙，穿三峡，登岳阳
每一次的冲击都是能量
每一次的翻越都是鼓舞
终于连绵成无数奇绝的风光
比古典的画卷还要生动可感

大漠的落日永远成为了背影
洞庭湖面仍听见渴望的声响
它在追逐着无边际的大海
在竭力开拓着路的方向
任凭谁的大手都无法阻拦
因为它始终坚定地相信
时间和远方一样永无止境
那里的星辰会格外地闪亮
那里存在着最初的理想
有着关于过去所有的秘密
大江啊，人们发自心底地崇敬
那远去的波澜挟卷着史诗与神话
连同诗意的轻舟缓缓地消失于天际
流淌进每一个华夏子孙的血管

有时候，一旦谈论流水
偏爱用它譬喻高洁的生命
激浊扬清，荡涤灵魂的杂质
或者又执著地与时间赛跑
想要为不朽的事物重新正名
哪怕付出了最宝贵的东西
有时候，它又无限多情
相隔万里相送故人的行舟
和着孤帆一同淹没黄昏
作为见证者，认真地注视着
璀璨的文明融入大地的缝隙
无数骚人想要将才华倾尽

也未能描摹完大江的图景
因为它的辉煌属于整个民族
也属于命运相连的全人类

是的，大江的路途充满坎坷
和这个古老的民族休戚与共
在流淌过的千沟万壑间
埋葬过祖先们的悲壮与苍凉
有时它会受到历史尘埃的浸染
被外来的铁蹄无情地践踏
它总是保持着坚韧的理想
如同一位从容不迫的智者
经历过风与雪的洗礼
依旧坚定地向着未来
每一次磨难都是成长
每一次成长都是新生
是的，等待着吧
等待雄狮发出有力的嘶吼
等待那面鲜红的旗帜
在一个个历史的十字路口
拨开迷雾，挥舞着，前进着
勇敢地引领无数子孙
在痛苦中再次出发

大江啊，人们真挚地赞美你
赞美你生命的千姿百态
赞美你历史的源远流长
赞美你青年般的蓬勃朝气

哦大江，你是民族的精神源泉
以宽广的胸襟凝聚起力量
你有着英雄般的博大与伟岸
以强健的体魄向南北两岸滋长
每滴水都混杂着雄壮的气势
每滴水都跳跃着勃勃生机
为这片土地输送无穷的能量
从东到西，从青海到上海
人们在你的身旁生生不息
以质朴的语言叙述着初心
在偏僻的山村，在密集的城市
在辽阔富饶的祖国大地上
一路沉醉在美妙的歌声

在今天，一个充满机遇的时代
奔腾的脚步从来不会停歇
你有着自信、开放与奋斗的容颜
将绿水青山的画卷徐徐铺展
承载起一个文明古国的希冀
向着美好的生活发出深情呼喊
去啊，创造出前所未有的事业

归 乡 路 途

明日清晨，我在归乡的路途
炊烟在逃遁的春天升起
在一道道坡岭的回环中迷失
我看到屋后常春藤的坦诚
冒着被遗弃的危险向上攀援
像是远处雾中消失了的面孔
从苦难的方向为我照明
废墟的青苔陷入了深思熟虑
人们开始俯瞰自我的生活
赞美被覆盖的幸福失而复得
赞美万物在身体里自由生长
我们发现了无尽头的小路
它们的肌肤有锋芒与韧性
带着刀刃的温度将大地开辟
在创造着富有特征的声音

很 久 以 前

幽深隧道延伸的方向
很久以前，我们没有路过

十岁的窗户比天空辽阔
甚至说出的词语比梦中真实

河流的源头是否完整
抒情的风格还在坚持酝酿

石头向着天桥下滚动
童年的玩具和风景一样隐秘

一首简单的歌在大街小巷
在多种声音交织的黄昏

火车驶来，我们恐惧地躲开
对于远方的恐惧多于幻想

季 节

季节从未停下征服的旋律

暴风雨飘忽不定，山谷阒静

杜鹃勇敢地长出了嫩叶又凋零

真实的大地上覆盖着希望

南方水果的味道比字典里的详尽

一个烟囱孤零零地伫立

对照着三月和八月雨点的稠密

松树发出了略带轻蔑的语气

在太阳底下逃离循环的轨迹

爱情的第八个周年临近

雪花几乎占领了整个冬天

我们比屋檐下的冰锥还要透明

凝视着灰色的影子和锋芒

一阵风挟卷着草木的喧响

从遥远的河床上吹来

沉闷又多疑的雷声摇摇欲坠

惊醒了不肯安分守己的黎明

纯洁的白桦林驾驭着风

通向琥珀色的城市

孩子们的大眼睛没有深渊
如薄雾般在大海上航行

天空低垂的幕布隐藏秘密
脸颊冲洗着黑色的泥土
浩瀚的星辰下面，微笑丛生
远古永恒的光打动着人心
使得大地祥和又亲近

饥饿者的目光

在沉寂已久的景色中
远行人饥肠辘辘地行动
钟声尚未敲响，他的话语
始终散发着酒与肉的味道
另一片的天空轻盈又皎洁

长桌上是家乡的炊烟
缕缕升起夕阳下的怀想
耕牛在田野的阡陌中往返
白沫在嘴唇边左右飞旋
渗入干涸的地表

城墙上是灰蒙蒙的杂草
生病的躯体再无精神远望
成与败的轨迹早已腐烂难辨
在面具之下终获平静

郊　外

时间从我的指缝中丢失
迫切想要走向宽阔的郊外
那里的大地和草木充满渴望

在黑色的群山深处与风共处
野兽被黎明的力量四处驱赶
眼神比任何时候都要明亮

它们注视着兴起的太阳和尘埃
在巨大的山脚下融为一体

行走的人们面向空谷大声呼唤
声音似乎要穿透最坚实的石头
摆脱空虚的目之所及的障碍物
摆脱物质，摆脱桎梏，摆脱邪恶
以语言和力量的合奏使人倾慕
在空寂无人的郊外，多么美妙

咖　啡　馆

广场上的钟声深入人心
孩子们坚持离开牵扯
地面潮湿，杨花雪白一地

耳朵偏向远处，那儿安静
小刀敏捷地在蛋糕表面游走
门窗迎接着光亮的午后

芒果树上的火焰
思考着重构空间的可能
它在街道的尘土中遮蔽天空

调整时差，飞蛾来自西部
那儿路途遥远又多风沙
适合在咖啡馆里静静坐下

楼 梯

在许多看得见的高处
楼梯显然有些力不从心
双脚活动的范围着实有限
在现代文明的屋顶垂暮
吱呀作响的木质被遗忘
成为游客们的赏玩之物
它呆滞地凝视着整个城市
命运如同一叶扁舟沉没
摩天大楼的距离使人震撼
需要惊人的速度和时间
需要无数电梯的积极配合
阶梯与进步摆脱了干系
独自沾染尘土，在角落里
作为解救生命时的安全出口

某 个 夜 晚

在某个夜晚的走廊
醉汉举起了空荡的酒瓶
对着月亮和车流
他忘记了生存的法则
带着不屑和夜晚一起摇晃
和很多人共同失眠

天空在冬天屏住了呼吸
不用忙于交换对方的眼色
沿着楼梯和静止的公路
遮挡住森林中的爱情和疲倦
和玫瑰的火焰熄灭又飘零

有限的词语使得命运漂泊
打开乌云的面具，回归原地
我们害怕黑夜而处处寻找光明

乞讨者与骆驼

中年的乞讨者与众不同
他呵斥着身后嶙峋的骆驼
在南方街角，人群满是诧异
它蜷缩着羸弱许久的身子
昂着头颅，熙攘声抛之脑后
疲惫的眼睛里流淌着沙漠
像小船在那儿自在地摇晃
它似乎想要躲避猎奇的目光
用尽全部的力气极目远眺
穿透那些高大的建筑和夜幕
寻找一小块属于自己的领地
可以握住余生的命运
不用在人间颠沛流离

山冈与岩石

临近高山时心头颤栗
我的血液和森林一样流动
流经世俗的眼睛和城市
没有命名的石头早已被遗忘
陌生的感觉挤压在胸腔
似乎已经很久没有彼此拥抱
没有闻到茅草燃烧的芳香

沿着山冈的骨骼进行标记
许多奇特的物种提醒我们
步履的范围受到诸多局限
头脑选择在语言中度过岁月
又将告别短浅的幸福和梦想

我们在岩石上摸索季节
想起收割北方麦田的姿态
在藤蔓纵横的地方讴歌生命
试图让自己与灵魂发生碰撞
远远地离开流言的诱导
和湿润的气候一样温和呼吸
为肉体寻找到宽松的环境

凭借热情发现出口的秘诀

依循着书籍的定义前行
两张眼皮收纳了许多细节
对未理解的世界焦虑而好奇
我们开始审视过往的经历
在激流中考量着石头的坚硬
试图将繁琐的问题一一剖析
以此达到感激世界的目的

琐碎的生活

血色的黄昏，父亲抽着烟
燃烧的灰烬来装点回忆
门前的桃树园变得繁茂
公牛用舌头舔舐着伤口
青草的气息弥补疼痛
蚊虫凶狠，拼命地叮咬
熟悉的身影在无声地转移

白炽灯下的歌声和香味
飘拂着，在面容上绽放
杨树叶唤醒孩子们的乐趣
叠成蜻蜓滑行的斜线
像飞机尾气残留的余味
从心底召唤着远去的声音

一阵风从远处的原野上奔袭
自由的灵魂使人艳羡不已
脚步是如此轻快、灵动
在屋檐下追赶着水滴
与麦秸的绿色血液融为一体
邻居的目光投映在墙角
忽高忽低地闪烁着皱纹
乡音和想象中一样亲切

时间尚早，夏日昏昏欲睡
一个白日梦取悦了内心
胜过古老的民歌带来愉悦
黄昏下的重重阴影笼罩
夜的跫音围绕着篱笆

手掌将辛酸一一拒之门外
窗前的云雾向山谷积聚
多雨的季节使声音变得沉寂
我们的日子里也沾染了苔藓

图 片

眼睛见到的即为真实
人们热衷于相信图片
墙上的画源自暮春时节
乡村有流水和人家陪伴
一只鸟的颜色永远被定格
大海的波澜正试图吞没水手
逝去的时光陈列在我们面前
它以无声的形态拒绝碎片
于是，重新组织鲜活的语言
蜡烛含情脉脉地挥泪告别
引燃了墨迹未干的诗行
面孔衰老，度过空虚的时间
在逃脱无法相融的沉闷
那肉体里安放的陈旧思想

峡 谷

我们一直生活在峡谷底部
了解大地的苍凉与肃静
河滩泛着蓝色，淤泥痛苦
像是失去了旅途的乐趣
降落的雨夹杂着时间的味道
在傍晚时刻使人步履匆匆
洪流往来多次询问
这里的面孔在哪个角落停留
杂草丛生的山脉昏昏欲睡
蛙鸣时长时短，在忧伤中老去
就像峡谷的姿态无限延长

土地的语言

古老的土地是无比真诚的
种豆得豆，种瓜得瓜
在一望无垠的领域里蔓延
在阴暗的沟壑选择凋零
有风雨泼洒的酣畅淋漓
和着冷酷的面孔试图飞行
重重跌倒在城市、山崖和脚下
无数的叶片沉积在灵魂深处
苦心思索着紫葡萄的甘甜
它是如此面向现实生活的打击
远去的战马在朔风中嘶哑
血管里流动着原始的野性
在无尽头的河床边自由飘荡
在平原的荒草下慢慢地沉积
从此与碌碌的过往渐行渐远
古老的种子令人无限渴望
时常有脱离母体时的爆裂
秸秆在胸腔里哔剥作响
如同熟识的老友呼朋引伴
热烈地吸引我进入世间
它停止被遗忘的吟咏
注视着交谈和微笑的情状
高树下无数模糊的身影

歌唱如银铃般过滤着天空
它相信云与雾的持续翻涌
相信根须强有力的臂膀
向着不同的侧面逆行生长
热情的土地可以接纳一切
包括命途多舛和闲暇的时光
它与古老的日月构成了人间
在沉思的内心潜藏着呐喊

遥远的旅程

深海打捞起的石头坚硬无比
经历了数万年兴衰的大场面
最好的岁月遗失在海沟
带着冰冷的目光和城市转动

它渴望火与水的交织
在寂静的广场上温暖自己
流浪汉的语言变得模糊
像地平线在夕阳下的背景
窗户正对着忽明忽暗的光线

麻雀的尖叫充满了复调
和昨天的时间容易被忽视
道路漫长，走进喧闹的海港
走进很多条风格相同的街道
沉睡在缥缈又神秘的早晨

依靠着脚步丈量土地
路途中意味着见多识广
让健壮的身体获得审美感
从而与世界保持亲密的距离
完完全全地放纵着自己

抵达目的地，我们从容
多年以前就全部占据梦境
一条鲸鱼从海洋里返回
最朴素的言语承载着重量

穿透密林，深陷幸福的沼泽
地球转动是一场遥远旅程
我们要走出清晨的群山
非分之想使生活变得灵动

永恒的脚步

我感觉身体的某个部分在行走
像一位远行者，孤独又荒凉
群星在黑色的夜幕中舞动
古老的家园陷入一片沉寂

父亲在温柔的老街上漫步
伴着夕阳和熟悉的味道
那条泥泞的小道没有拥堵
没有苦涩，没有威严，没有凋零
惜别的话语会使他心口疼痛

像往常一样，我们躲藏
白杨树枝在朔风中独自摇晃
等到广场上的天色黑暗
忧伤的记忆不会延长
索性就装载着明天入睡

我们是寄居在大地上的植物
等待温暖、丰润，像爱的本性
至高无上的地位引人驻足观望
试图重新寻求失去的灵魂

面对白昼的旺盛，情感和生命力
从全身紧密的毛孔中反复冲击
那么多的波浪在脑海中退去
挟裹着一种毫无杂念的思想
我独自站立在暮春时节

脚步与路途变成了一场搏斗
从物质贫乏的年代里走出
悠远的味道与河流为伴
最终一切回归到清澈通透

阅　　读

很多本书籍的思想交织错杂
老友从远方归来，撞上了
充分明澈又自由的内心
智慧渴望获得播撒的土地

疑惑从窗户的缝隙中溜走
太阳闪烁着，难以触及的痛感
城市的浓烟在记忆中冒起
影子以奔走的姿态选择逃逸

在海洋里不崇尚墨守成规
在众多的美丽之间穿梭
跨越山峦与河流的包围
一路向前，沐浴着闪光的智慧

人们认真注视着自己的肌体
在疾病的催促下变得小心翼翼
配合读书的方式，去森林远足
去玫瑰丛中拼命挣扎或迷失

旅行者的热情和石头一样
在长河里沉淀，在脚底坚硬
包含着沿途所有斑驳的色彩

打磨成应有的模样，挣脱出
世俗语言汇聚而成的密网

信念在角落里生长，闭上双眼
一滴露水的命运引发了忧伤
世界就在那里，我们的希望
拥有了璀璨的星辰和花园

在 江 边

河床裸露得很彻底
这样子感觉陌生
一道道沟壑开始凸起
白鹭形单影只，在盘旋
想要告知掉落洁白的羽毛
木船在江心无人照看
折断了的桨习惯性地老去
而芦苇荡依然年纪轻轻
临近端午，很多人接近
这大自然的馈赠分外香甜
颤动的桥与乌云面面相觑
凝视着太阳底下空洞的自我
在迷雾的白昼，汽笛声声
隔绝着两岸褪色的照片
石板路上陌生的面孔
选择在颓败的阶梯上落脚
在没有风波的季节出发
渔民们的脊背如水面光亮
在星月下接受打磨
冰冷的手指拨开众多灰尘
将雾气驱赶到荒芜的小岛
有数不清的昆虫值得怜悯
它们承载活着或死去的命题

在被风席卷的地方，残缺不齐
云霞的色彩过滤掉另外的时间
苹果树的长势显得扑朔迷离
人们关心惊呼与尖叫声
那些来自原始森林的味道
具备前所未有的光泽和呼吸
清晨的江边，浪花的泡沫飞溅
整个流域弥漫着湿润气息

赞 美 诗

矗立的建筑物在江边俯视
空旷的道路上隐约雷声将至
透过群鸟的翅膀发现跳动
太阳踱过毫无生气的面孔
纯净的光线照亮着一切冰冷
我们终于被融化，成为部分
仿佛镜子中投射的独立影像
在黑色的森林中消失又重现
循环往复，对于江河的思绪
需要凭借风雨大作的时刻记起
等到神圣时刻来临，我会咏叹
那里有无数珍贵无比的植物
从道路上疾驰而过的野兔
尽力逃避富有象征的征兆
它曾以多种形式指引着原野
在熟悉的动作中辨认方向
砂石发出的窸窣声响令人不安
狂风和白桦林追踪着猎鹰
偶遇了一场惊心动魄的博弈
羊群像古老年代闪过的光
掩映着在春天才茂盛的草根
蜿蜒的烟雾点燃了生活日常
交谈着的嘴唇向天空倾吐

两个空间被恰如其分地连接
这归属生命秩序井然的轮廓
我们以大地为桌，摆上筵席
手捧着橄榄分发给路过的行人
他们需要突如其来的善意
需要狂欢节的歌声和晴朗
没有人比星辰更懂得遥远
在舌尖上吟唱赞美诗的曲调
使古老的语言变得温暖

在 海 洋 上

我的船只在海洋上漂泊
满载着秋天的露珠和晴空
潮水厌倦了礁石，跟随水手
顺着洋流暗涌的地方摇晃
大自然的天赋和白日梦一样
创造出艺术的种种幻象
那充满张力的帆享受快乐
掀起海草，一股新鲜的味道
远古雕像的回声被淹没
灰白的眼睛充满了湛蓝光彩
天色渐渐暗淡，松散的疆界
永远散发着生存的意义
像石头上的铭文，字迹清晰
成熟的身影从他乡归来

关于风的遐想

春日远郊。万物在奋力生长
一道光线从晴草中穿过，它想
点燃那些周而复始的生活

芦苇的颤抖增加了思想深度
就让叙述短暂结束，在话语之外
如同两条新的河流在此处重逢

有时候，我们远眺地平线
来自太平洋的风迅猛涌入
城市的中心。回忆往事
足以搅动平静的日子

那么，这些郊外的微风
又该如何去拆解大树的聚拢
它依然构成了时间的难题

看 风 景

一处风景有它的优美，无论怎样
就让七月的天空再次填满池塘
荷叶铺成床铺，有些许白鹭
曾在上面经历过很多次午睡
醒来。又记不清水草编织的梦
比疼痛还要短暂，以至于
在雷电到来之前回到巢穴
小心翼翼地观望着远山
它们在享受逃离的种种快感
以空洞的眼光收藏天际线
然后把身体无偿地交付给自然
不时朝向辽阔的郊野，发出
来自黎明的第一声叫喊
终于下决心，结束重复的旋律
尝试去追问永恒的轮子
它的痕迹将在什么地方停住？
多少代的劳作曾在深夜进行
被寥落的星辰简单地记录
而月光意味着另一种反讽
周而复始，却无法看见风景
我们空手而回。在记忆里
想念多年前与大地的联系

清　晨

燕子掠过，如日子般轻盈
伸展的腰肢充满感知力
将清晨的草木一一唤醒
声音在不经意间抵达

农人遥望，在坚守的土地上
用手掌比画远去的名字
露水自古铜色的脸颊滚落
由圆形化作无形，修补缝隙

2022年3月

四月与悲歌

疼痛击中了我，想要逃离
寻找草木翁郁的地方落脚
这足以使人心旷神怡
鱼跃出水面，将船只推远
固守的平静太容易沦陷
顺流而下，抵御彻骨的倒春寒
等待风用力搅动一池的蓝
将石头复活，长出绿色的藻
这时我会想起四月的某个深夜
在街角，听闻久远的乡音
他们的家常算不上新鲜，可是
每一个词语都在空气中沉淀
加重了悲伤的分量，如果可以
希望生活也能像燕子的尾巴一样
能够轻盈地飞舞，随意安歇

2022年4月4日

透 过 窗 子

在清晨，窗子沾染上薄雾
将世界上的所有琐事变得模糊
一颗豆粒大的水珠向下滑动
注定会成为蚂蚁路途中的磨难

而我只关心午餐的种类和价格
以及远处山脚下积聚的云朵
它们透过绿色的玻璃，看见街衢
如同我的背影，瘦骨嶙峋

2022年4月5日 疫情中作

乡 间 路

在秋天，雨季变得频繁
浸透了茅草地、鱼塘和屋顶
脚掌底下印刻着黝黑的面孔
以及泥泞感，我牢记着
父亲选择打着赤脚，整理自己
向着芦苇荡倾倒的方向扶着犁
在沤得腐烂的泥里寻找粮食
整整一生都是如此不遗余力
有时，他平躺在乡间路上
使自己也成为土地的一部分
期待着久违的太阳，碧空如洗
——冲走身上的尘埃和疲惫
最后以薄霜擦亮眼睛，侧耳倾听
孱弱的麦子破土而出的声音

在 黄 昏

这纯粹是橘子色的傍晚
天空像刚洗净的果篮，盛满了
短暂的奇妙时刻，遍地生长
又攀爬在鼓山的石板路上
犹如飞鸟纷纷落下，沿着河岸
缓慢地在车流中继续飘荡
行人迟疑地驻足，循着光线
在黯淡的地方被反复刺痛
他们要遗忘过去的村庄
要迅速穿过金黄色的麦浪
以及很多个同样的黄昏
终于抵达小旅馆，在城市中
像行道树一样安静地落脚
用尽气力，想要摇动整个夜晚

在 野 外

友情来自远方，我凝视着记忆
沿着深沉的河流在林中漫步
白桦树下，时间的蚯蚓在蠕动
从未如此细致入微地观察土壤
这黄色与红色下的秘密埋藏已久
枯藤断裂的声音也变得冰冷
我试图走出荒野的低洼处，那里
蛙鸣有着过于震撼的共鸣
种子以各种姿势落下，疯狂生长
它的自由，它的坚韧，它的浪漫
都在我的身体里不断碰撞
发出新芽，单单想要
爆发出属于生命原始的能量
我屏住抒情的气息，任凭
晴草、白鹭和语言融入黄昏
新生与死亡在某个时刻再次相遇

早　春

二月惊起了郊外的白桦林
那里栖息着昏沉沉的鸦
在每一个身体里缓缓扑腾

我更希望将它看作是哲学家
与呼愁的人群展开一场对话
不用多么深邃，足以受益

我们要从植物的新芽中获得启发
冲破春寒，牵引抖动的风筝
在春天重新开始一场爱情

致 音 乐

每个人的身体里
都居住着一位诗神缪斯
在聚会上，音符跳跃
将灵感击中陌生的灵魂

我们曾目送时间的马车
载着众多秘密消失在黄昏
众人平静地离开，日子恢复
图像至今还定格在墙上

旋律保持自由，象征着
一种生存的状态。无需修饰
如同路途上凝视的诸多面容
有笑靥，愁眉或者冷若冰霜

生命的前奏本该如此
想要以开门见山的姿态
展开所有的故事

后　记

　　我的第一本诗集即将付梓，于己而言，忐忑与欣喜并存。日常零散的思想碎片组合的文字难免会显得可笑与稚嫩。然而，铅印字的魅力足以使人将一切顾虑抛之脑后，以诗集的形式展开对过往时光的追寻。这或许是目前来说，我所能够赋予平淡生活最为盛大的一种仪式吧。

　　时间追溯至十年前的初秋，我独自乘坐着绿皮火车，从广袤的淮河平原出发，向着千里之外的南方城市求学。沿途地域景观的差异性接连涌入眼帘：绵亘的群山、蜿蜒的溪流以及葱郁的林间……这些风景由北至南的变换重构了生活经验，也使我对土地产生了新的认知。在之前相当长的时间内，我生活在北方的平原地带，四时分明，草木荣枯似乎才是土地独特的语言。当习以为常的经验不断瓦解，给予身心视觉冲击，从那一刻起，我就萌生写作的冲动，想要用文字来记录内心的波澜，更需要在另一种环境中获得理解与感悟。

　　因此，进入大学的象牙塔中，我选择以诗歌的形式去面向日常生活，与脚下的土地展开更加持续深入的对话。这本诗集选录篇目创作于在榕求学期间，主题与情感趋于多样，包括对童年的追忆、爱情的体验、观书的余韵等。当身处于长安山这片土地之上，它那深厚的文化底蕴使人浸染其中。通常是在阒静的夜晚，我拿出纸笔在书桌前涂写，仿佛是潜入欣喜的心灵旅行，既有追忆似水年华的深味，也有妙句偶得的豁然，且让思绪在细流中徜徉，感受文字成行、诗意丰沛的阅读快感，或许这也是"文之悦"的显现。有时，情感过于浓烈便不易封存，以朴素的语言加以铭刻，

221

经过三五年再回望，使得彼时与此时的不同心境纠缠与交织，亦足以成为人生路途中挥之不去的脚印。

如今正处于博士论文写作的关键时期，既要着手文献资料的锐意穷搜，又要使论文写作保持明晰的逻辑构架，于是在外在"影响的焦虑"下，偷得半日闲的诗歌给予了很多慰藉，这也无疑坚定了我对于诗歌创作的探索。诚然，一直以来我始终保持着对土地炽热的情感。不管是一望无垠的淮河平原，还是山清水秀的有福之州，这些土地上所有的风物使人沉醉，我不由自主地要与之融为一体。这或许可以看作是大地宽厚的精神与潜在的能量：

热情的土地可以接纳一切
包括命途多舛和闲暇的时光
它与古老的日月构成了人间
在沉思的内心潜藏着呐喊

因此，正是我热爱这片土地，热爱诗歌的初衷所在。

最后提及我的家人"兔宝"，风雨相伴，一路同行，多年来带给我很多创作上的灵感。在此有必要感谢"扁肉"，他为我们的日常赋予了无限憧憬和快乐，使生活变得更加生动。同时，福建师范大学文学院及伍明春老师、颜桂堤老师等在诗歌创作与学业上的大力支持与鼓励使人无法忘怀！此外，感谢海峡书局以及林丹萍学姐的辛苦编辑，借着这本诗集出版的机会，一并致谢。

是为后记。

吕东旭

2022年4月15日于福州拓福美学中心